Fuji no yamai de heya kara detakoto ga nai
boku ha kaifuku jyutsushi wo kiwamete jiyu ni ikiru

エミリオ
本作の主人公。
生まれつき不治の病に侵され
寝たきりの生活を送っていたが、
ある時魔法の才能に気付き、
回復魔法を極めて
自身の病を治療することを
決意する。
フィーネ
カヴァレ辺境伯家の令嬢。
とある事故で、
顔に大きな傷を
負っている。
サシャ
バルトラン男爵家に
仕えるメイド。
仕事はあまりできないが、
実は凄く身体能力が
高い。
登場人物紹介
characters

コンラート
ローコン伯爵家の
次期当主。
エミリオの力に
目を付けているよう
だが……？
ロベルト
エミリオの兄。
バルトラン男爵家を
継ぐため、日々鍛錬を
続けている。
ヴィクトリア
【三日月】の二つ名を持つ
ゴルーニ侯爵家の令嬢。
エミリオに顔の火傷を
治療してもらった。
エカチェリーナ
エミリオの妹。天真爛漫で、
いつも元気いっぱいに
遊びまわっている。

第一章

僕の名前はエミリオ。エミリオ・バルトラン。男爵家《だんしゃくけ》の次男として生まれ、十四年になる。僕は生まれてから、自分の部屋から出たことがなかった。一流の回復術師でも治療《ちりょう》できない病《やまい》に体を侵《おか》され、寝たきりの生活を余儀《よぎ》なくされていたためだ。

庭で楽しそうに遊ぶ三つ上の兄、ロベルトと七つ下の妹、エカチェリーナ――リーナを、自室の窓から眺《なが》めるだけの毎日。二人のことを羨《うらや》ましく思い、なんで僕は生きているのだろうと自問しながら生き続けていた。そんな生活を続けていたある日、母さんが読んでくれた物語に、僕は衝撃《しょうげき》を受けた。

それは、怪我《けが》を負った英雄が、自身の体に回復魔法を使い、怪我を癒《いや》すというものだった。回復魔法を使えれば、僕の病気も治せるかもしれない。僕はすぐ母さんに、回復魔法を教えてほしいと頼んだ。

それから一ヶ月ほどして、マスラン先生という回復術師が、僕を指導してくれることになった。最初は普通の魔法から習得していった。そして、先生の指導と、僕自身の才能のおかげで、僕は普通の人よりも桁違《けたちが》いに強い魔法が使えるようになっていったのだ。

そうした魔法の力で、僕は少しは歩き回れるようになった。また、その力を使って屋敷《やしき》に攻めてきたミノタウロスと呼ばれる強力な魔物を討伐《とうばつ》した。

そんな中、大貴族のゴルーニ侯爵《こうしゃく》家の長女、ヴィクトリア・ゴルーニ――ヴィーが顔に大火傷《やけど》を負った状態で、バルトラン男爵領に療養《りょうよう》に来た。なぜヴィーがここに来たのか分からなかったけれど、それは警備が手薄なうちの屋敷に、彼女を殺そうとした者をおびき寄せるためだった。

そしてヴィーの思惑通り暗殺者はやってきたのだけれど、彼女の護衛と僕が魔法を使うことで彼女を救った。

その後、僕は、国一番の回復術師でも治療できないと言われていた彼女の火傷を治し、復讐に燃えていた彼女の顔を再び笑顔にすることができた。

僕が回復魔法を使えば、多くの人を助けることができる。そう思っていた。でも、僕の回復魔法の力は、あまりにも強大すぎたのかもしれない――

＊＊＊＊＊

「う……ううん」

僕は三階の自分の部屋の窓の隙間《すきま》から入ってくる日差しに起こされる。ゆっくりと目を開くと、そこには見慣《みな》れた天井があった。

「いつもの……天井。僕の……部屋」

いつもの空間をしっかりと感じて、嬉《うれ》しく思う。数日前にあったヴィーを狙った屋敷の襲撃事件を思うと、この何も変わらない日常がとても懐かしい。

「と……起きないと」

今日はマスラン先生の魔法の授業はない。でも、ずっと寝続けるよりも、起きて行動していたい。

例えば、屋敷から少し出ても良いかもしれない。屋敷の中を歩き回れるんだから、それくらいしても……でも外は魔物が出るって言うし……

コンコン。

「はい!?」

外に出るか悩んでいたところに部屋のドアがノックされて、僕は驚いてしまった。

「エミリオ。少し良いか?」

ドアをノックしてきたのはロベルト兄さんだったらしい。ドアの向こうからそう訊《き》いてきた。

「ロベルト兄さん……良いよ。どうしたの?」

こんな朝早くに兄さんが僕の部屋を訪ねてくるなんて珍《めずら》しい。最近の兄さんは、父さんと話をしたり、仕事を手伝ったりと、忙しそうにしていた。

というのも、これから父さんとヴィーは、襲撃事件の詳しい報告をしに、兄さんは貴族としての教養を身に付けるために、『中央』と呼ばれるこの国の政治や文化の中心都市に行くからだ。マスラン先生も、中央に用事があるらしく、父さんと一緒に出発してしまうらしい。

だから、兄さんがこうやって来てくれたことはすごく嬉しい。

僕の部屋に入った兄さんは、少し申し訳なさそうに口を開く。

「なぁエミリオ。今って……体調はどうなんだ？」

「体調？　そうだね、結構良いかも。今なら屋敷の外に出られるかもしれないよ」

と軽く冗談《じょうだん》めかして言ってみた。

今日はまだ『体力増強《ライフブースト》』――使った相手や自身の体力を増進させる魔法――を使っていない。使ったとしたら、本当に屋敷の外に出られるんじゃないか。

「なら……俺と一緒に外に行かないか？」

そんな僕の冗談を聞いて、兄さんは真剣な表情で言った。まさか兄さんがそんなことを言ってくるとは思わなかった。

「外といっても、部屋の外じゃない、屋敷の外だ」

「屋敷の……外……」

それは僕にとって未知の領域《りょういき》だ。僕の部屋から外を見ても、庭の向こうには一面に森が広がっているのみで、その中がどんなふうになっているのか全く分からない。

「マスラン先生の許可も取ってある。だから……行かないか？」

「……うん。兄さんが一緒なら心強いよ」

「そうか。それじゃあ三十分後にまた来る。それまでに支度《したく》をしておいてくれ」

兄さんは嬉しそうに口元を緩《ゆる》め、そして部屋から出て行った。

僕は兄さんが部屋から出て行くのを見送って、外出の準備に取りかかる。

『体力増強《ライフブースト》』を使い、クローゼットに掛けてあるよそ行きの服に袖《そで》を通す。

「ぴったり……」

こんな時のために母さんが準備してくれていたのかと思うと嬉しくなる。

それから、三十分ほどして、兄さんがまた部屋に入ってきた。

「行けるか？」

「うん。大丈夫だよ兄さん」

「それじゃあ行こう」

部屋を出た僕達は庭を一緒に歩いて屋敷の外へ向かう。僕は心臓がドキドキして、鼓動《こどう》が今にも聞こえてきそうなほどだった。

屋敷の門は閉まっていたけれど、兄さんが少し力を込めるとすぐに開いた。僕は門を出る前に、気になっていることを聞いてみた。

「僕と兄さんの二人だけで行くの？」

「ああ、ダメか？」

「ダメじゃないけど……魔物が出るって聞くよ？　大丈夫？」

「何を言ってるんだ。屋敷の近くに出る魔物なんてほとんどいない。それにもしいたとしても、俺が倒してやるよ」

兄さんは腰にぶら下げた剣を見せながら笑ってくれる。

僕は兄さんの笑顔を見て安心した。

「分かった。兄さんを頼らせてもらうよ」

「ああ、エミリオ。俺に任せておけ」

「うん」

そんな会話の後、僕達は屋敷の門を出た。

すると、そこには左右を森に挟まれた真《ま》っ直《す》ぐな道があった。

この道はどこに繋《つな》がっているのだろうか。

父が治める町に繋がっているのだとは思うけれど、それは実際に確かめないと分からない。僕は、今すぐにでもこの道を歩き出したい気持ちになってくる。

「そっちじゃない。こっちだ」

「え？」

しかし、その気持ちは儚《はかな》くも一瞬《いっしゅん》で散った。

兄さんが門を出て、すぐ右の方に向かって歩いて行ったからだ。

僕も兄さんに続いて、屋敷の壁《かべ》沿いを歩く。

こうやって屋敷の周りの森を見ているだけでも楽しいから、これはこれで良いかもしれない。

今までは遠くから見ているだけだった。それを、こんな手が触《ふ》れられそうな距離で見られるなんて……

「兄さん、こうやって外に出るだけでも楽しいね」

「……そうだな」

兄さんは少し言い澱《よど》んだ後、それだけ言うと、スタスタと歩いて行く。どうしたのだろうか？

「兄さん。もうちょっとペースを落としてくれない？」

「ああ、すまん」

兄さんはそう言って僕のペースに合わせてくれる。ただ、何かを考えているようだった。

僕は、そんな兄さんを後ろから見つめながら、周囲の景色を堪能《たんのう》して進む。

それからどれくらい歩いただろうか。やがて屋敷の壁がなくなり、僕達は自然の森の中を進んでいた。

森の中は楽しかった。綺麗《きれい》な花が咲いていて、小動物の鳴き声も聞こえる。目の前を横切る昆《こん》虫《ちゅう》や、時折肌《はだ》を撫《な》でる風、それら全てが僕にとっては新鮮で楽しく感じられた。

「兄さん。どこまで行くの？」

こんな楽しいことがずっと続いてくれれば良いのに。

僕はそんな想いから兄さんに尋ねた。

「まだ……目的地までは半分くらいだな」

「そっか。じゃあまだまだこの景色を楽しめるんだね」

「この景色って……ただの森だぞ？」

「そうなの？　ただの森でもこんなにも楽しいんだから、きっと兄さんが連れて行ってくれる場所は、もっとすごいんだね！」

楽しさのあまり声がうわずってしまった。でも、兄さんならもっと素晴らしい場所に連れて行ってくれる、そんな確信があった。

「ああ、すごいぞ。一度見たら、二度と忘れられないくらいにはな」

「うん！　楽しみにしてる！」

「……」

それからまた僕達は黙って歩き始める。兄さんは何かを言いたそうにしているが、何があるのだろうか？

一時間ほどした頃だろうか。近くの茂《しげ》みでガサゴソという音が聞こえてきた。

「エミリオ」

「ん？　どうしたの？」

「静かにしていろ」

「分かった」

兄さんが声を落とせというので、僕は口を閉じて兄さんの後ろに付く。

兄さんは腰から剣を抜き、音がした方に向けて構えていた。

「ゲギャ！」

少しすると、茂みからゴブリンが現れた。

「死ね！」

「ゲギャギャ⁉」

兄さんが剣を振り、一太刀《ひとたち》でゴブリンを斬り裂《さ》いた。

「兄さん！　すごい！」

「はは、まぁこんなもんだ」

兄さんは僕の方を向いて得意げに言った。

すごい、たった一撃で魔物を倒してしまうなんて。僕は兄さんを尊敬《そんけい》の眼差《まなさ》しで見つめる。

すると、兄さんの顔が青ざめていく。

どうしたのだろうか？　僕がそう思っていると、兄さんは何かを言う前に、いきなり僕の腕を引っ張る。

咄嗟《とっさ》のことに対応ができず、僕は思わず前に倒れ込んでしまう。

「うわ！」

ザシュ！

僕の後ろで何かが切り裂かれたような音が聞こえた。そっと後ろを振り返ると、ゴブリンが兄さんを斬りつけているところだった。

「兄さん！」

「ゴブリン風情《ふぜい》が！」

ズバッ！

「ゲギュギュ⁉」

兄さんは剣を振り抜き、ゴブリンの首を斬り飛ばした。

僕は慌てて兄さんに駆け寄る。

「兄さん大丈夫⁉」

「ああ、問題ない。まさか二体もいたとはな」

「兄さん……目が……」

兄さんはゴブリンに右瞼《みぎまぶた》を縦に斬られていて、そこからは血が滴《したた》り落ちている。

「なに。この程度問題ない……」

「問題あるよ！　すぐに治療しないと！」

「エミリオ、頼む」

「任せて！」

僕は強く言って、兄さんを地面に座らせる。傷を治す際は、『体力増強《ライフブースト》』で怪我人の体力を回復させてから、『回復魔法《ヒール》』で傷を塞《ふさ》ぐのが一般的だ。

僕は元の兄さんの顔を想像して魔法を使った。いつも僕に笑いかけてくれる兄さんの顔は、簡単に思い浮かべられる。

「其《そ》の体は頑強《がんきょう》なり、其の心は奮《ふる》い立つ。幾億《いくおく》の者よ立ち上がれ。『体力増強《ライフブースト》』」

「おお、力が漲《みなぎ》ってくる」

「まだだよ。ここからしっかりと治療するからじっとしていて。——根源《こんげん》より現れし汝《なんじ》の礎《いしずえ》よ、かの者を呼び戻し癒《いや》せ。『回復魔法《ヒール》』」

僕は集中して、兄さんの傷を跡形《あとかた》も残らないようにして治した。

時間としては一分もかからず、兄さんの傷は綺麗に塞がった。

「ふぅ……良かった。兄さん、ゴブリンの攻撃から守ってくれてありがとう」

「こちらこそ、ありがとうエミリオ。しかし、回復魔法ってこんなにも簡単に治せるんだな」

そう聞かれて、確かに兄さんには詳しい説明をしていなかったと思い出す。

そこで僕は、兄さんに改めて僕が使う回復魔法のことを話した。

「僕の回復魔法は相当すごいらしいんだ。だから、結構な傷があっても治せるみたい」

「……そうか。お前は……やっぱり特別だったんだな。この前、ミノタウロスに襲われた時も……」

「兄さん？」

兄さんはそれからすっと立ち、また歩き出す。

「行こう」

「え？　で、でも、戻った方が……」

「大丈夫だ。もう着く」

「う、うん……」

なぜか有無《うむ》を言わせない兄さんに連れられて、僕は森の中を歩いて行く。

辿り着いた先は、大きな水たまり、いや、湖だった。

「わぁ……」

僕は初めて見たその美しさに、さっきまでのことは忘れてしまう。すごい綺麗だ。どうやってこんなものができたのだろう。

色々と考えていたら、兄さんに呼ばれた。

「エミリオ、こっちだ」

「？」

兄さんは小舟の上に乗っていた。僕にも乗れと言うので、僕は素直に従った。

兄さんが漕《こ》いでくれて、湖の中央辺りに着く。

僕は言葉を失っていた。周囲の景色は言葉では言い表せないほどに素晴らしいものだったからだ。

「すごいだろ？　この眺め」

「うん……」

遠くには高い山々が綺麗な山脈を連ねている。その頂上は雪で真っ白に染《そ》まっていて、下に降《お》りてくるにつれて紅葉の赤色が濃くなっていた。

この景色は、決して忘れられそうにない。

「すごいだろ？　この景色が見られるのはこの季節だけなんだ。俺はこれが大好きでな……貴族として、この景色をずっと守っていきたいと思っている」

「貴族として？　うん、兄さんならできるよ」

僕は兄さんの言葉に返しながらも、じっとそれらを見つめ続ける。

心の中で思っていたのは、もっとこんな景色が見たい、ということだった。

「エミリオ。お前も、ここが好きか？」

「うん。すごく……すごく好き。もっと早くここに来たかったよ」

「……そうか。この景色を守ってくれるか？」

「？　うん、僕は絶対ここを壊させたりしないよ」

「そうか……それを聞いて安心した」

「うん。兄さんなら絶対守れるよ」

「……ああ。そうかもな」

僕は景色に夢中だった。だから、兄さんが伝えたいことを、この時の僕は理解していなかったんだ。

＊＊＊＊＊

兄さんと湖を見に行ってから少し時間が経った。その間、屋敷にいる皆は相変わらずとても忙しくしていた。父さん達が中央に行く日が近付いており、その準備が佳境を迎えていたからだ。

ヴィーは中央に、事件の簡潔《かんけつ》な報告を送っているし、父と母は屋敷の修理やいつも通りに町の管理をしていた。

ロベルト兄さんは、執事長《しつじちょう》のノモスに中央の舞踏会《ぶとうかい》の知識を詰め込まれていたし、僕は妹のエカチェリーナの相手でとても忙しかった。

そんな忙しい日々の中、少しでも時間を見つけて家族で一緒にいたけれど、ついに父さんと兄さん、それにヴィーが中央に行く日が来てしまった。

そんなわけで僕は今、屋敷の前で別れの挨拶《あいさつ》をしている。門の前には、中央に行くための馬車が八台用意されていた。

僕は兄さんだけではなく、中央に付いて行く使用人ともそれぞれと軽い挨拶を交わしていた。

そんな僕の前に、ヴィーが挨拶に来てくれた。

「エミリオ……私、またすぐに帰ってこられるように頑張ります。なので、待っていてください」

「うん。僕ももっとヴィーと一緒にお話をしたいし、ずっと待っているよ」

「エミリオ……」

ヴィーは嬉しそうに目を細める。

「ヴィーも無茶はしないでね。また会いに来てね。これは約束だから、破ったらダメだからね？」

僕はヴィーに一応釘《くぎ》を刺しておく。

彼女はとても優しいいし、頭が良い。けれど、自分を囮《おとり》にして【消炭《けしずみ》】という二つ名を持つ暗殺者のマーティン達を炙《あぶ》り出すなんて危険なことをしてしまったのだ。流石《さすが》にそれは友人として認められない。

ヴィーは僕の言葉を分かってくれたのか、深く頷く。

「ええ、もちろんです。私も、もうあんな危険なことはしませんよ。それよりも、エミリオこそお体に気を付けてくださいね？　今は元気でも、こうして外に長時間いたら、また体調が悪くなるかもしれないんですから」

「うん。分かってる。でも、ヴィーとはしばらく会えないいし、今くらいは許してほしいな」

「もう……それはずるいと思います」

「そうかな？」

「ええ、でも……嫌ではないです。と、あまり私ばかりが話をしていてはいけませんね。代わります」

「うん。元気で」

「ええ。エミリオも」

そう言ってヴィーは横にスッとずれる。

次に僕の前に来てくれたのは父さんだった。よそ行きの良い服を身にまとっていて、最近の疲れからか目の下にはクマができていた。

「いってらっしゃい。父さん」

「ああ、行ってくる」

「気を付けてね」

「もちろんだ。エミリオ。お前も自分の体を大切にしろよ？　必要があったらアンナに一緒に寝てもらえ。きっと喜んで寝てくれる。アンナは寂しがり屋で、昔も一緒に寝てほしいと何度も……」

「旦那様《だんなさま》」

父さんの言葉を遮《さえぎ》り、僕の隣にいた母さんが父さんの耳を引っ張る。

「な、何をするアンナ！」

「それは私のセリフです。子供の前で一体何を言うつもりだったのですか？」

「ご、誤解だ。私はただアンナの可愛さを知ってもらおうと……」

そう言いながら父さんはどこかに引きずられていった。まぁ……いつものことだから仕方ない。

「エミリオ。次は俺だな」

「ロベルト兄さん……」

兄さんはいつもより元気のない笑顔を向けてくる。

ノモスの指導がきついからか、父さんよりも濃いクマを作っていた。

「エミリオ。俺から言うことはない。まぁ……元気でいろ。それくらいだ」

兄さんの方が元気あるの？と聞きそうになるけれど、ぐっと堪《こら》えた。兄さんが頑張っているのは知っているから。

「うん。それが兄さんらしいよ」

「まぁな。俺も……中央でやらなければならないこともあるし、貴族相手の情報収集は任せろ。中央にロベルトあり、そう言わせてやる」

兄さんは、先の襲撃事件の黒幕について調べるのと同時に、僕の病を治すための手掛かりを、中央で探してくれるのだ。

「期待してるよ、兄さん。兄さんならきっとできるから！」

兄さんはすごいんだ。だから、きっと中央でもすごい活躍をしてくれるに違いない。そう思っていたら、兄さんは微笑《ほほえ》んで、耳を疑うようなことを言い出した。

「任せておけ。ヴィクトリア様の食べたパンの数から、その日の健康状態に至るまで、逐一《ちくいち》送ってやるからな」

「……何を言っているの、兄さん？」

僕は首を傾げる。ちょっと言っていることの意味が分からなさすぎる。隣にいるヴィーもかなり引いてた。彼女の表情から強い拒絶感《きょぜつかん》が見てとれる。

「何って、エミリオ、ヴィーの様子が気になるだろう？　毎日便箋《びんせん》二十枚分は書くからな？」

「『やめてください』」

僕と、まだ近くにいたヴィーの言葉が被る。どう考えてもおかしい。

ヴィーの様子は気になりはするが、そんなことまで書いて送ってこられても困る。

「そうか？　枚数が多すぎるのか？　確かに、あんまりあっても読み切れないか」

「そういう意味じゃないです」

僕は即座《そくざ》に否定するけれど、兄さんは分かってくれているのだろうか。

ちなみに、ヴィーは身の危険を感じたのか、「やめてください」と言った後、すぐに馬車に入っていて、カチャリと鍵《かぎ》をかけていた。

「そうなのか？」

「はい。ロベルト兄さんは、ヴィーのことはそんなに気にしないで、自分のやらなければいけないことを考えてよ。あと、元気でいてね」

僕はちょっと寝不足で頭がおかしくなっているであろう兄さんに微笑む。少し時間をおけば、きっと元の兄さんに戻ってくれるだろう。

「……そうだな。ちょっと自分で何を言っているのか分からなくなってきた。そうするよ」

「うん。また帰ってきたらいっぱい中央の話をしてよ。僕、待ってるから」

「ああ、立派な貴族になって帰ってくる。元気でな」

「うん」

兄さんはそれだけ言うと、フラフラとしながら馬車に向かって歩いて行く。

最後に挨拶に来てくれたのはマスラン先生だ。

「エミリオ。私が君に教えることはもうない。だから、私がいない間は、今までの復習と、回復魔法ではない普通の魔法の練習をすると良い。そちらもある程度使えておいて損はないからね」

「分かりました。でも、回復魔法の練習もちゃんとやります」

「ああ、そうだな」

先生はそう言って僕に笑いかける。その後に、少しだけ真剣な表情になった。

「それと、これから私が中央に行く理由は知っているか？」

「え？　それは……分からないです」

「そうか、ならば教えてやろう。私が今まで中央に手紙を送っていたことを知っているか？」

「はい。覚えています」

「その相手は私の回復魔法の師匠《ししょう》でね。彼に、エミリオへ病の治し方を教えてほしいと思っているんだ。でも……その相手は手紙をよく放置するような人間で、全く返事をしてくれないんだ。だから、直接会って説得してこようと思う」

先生の師匠……どんな人か想像もできないけど、すごい人なんだろう。

「僕のためにそこまで……ありがとうございます」

「問題ない。師匠は中央の学院で研究に人生を捧《ささ》げているからな。君の力を教えたらきっとすぐに来てくれる」

「はい、ありがとうございます！」

「それと、中央には君に渡したい物もある。土産《みやげ》として持って帰ってくるから、楽しみにしていてくれ」

「はい、先生がくださるのであれば、きっと素晴らしい物ですよね！　でも、先生からはもらってばかりなので少し申し訳ないです……」

「気にするな。いずれ渡さなければならない物だからな」

「分かりました。楽しみにしています」

何をくれるんだろう？　これまでも十分もらったのに、これ以上いただけるなんて。

「先生、ありがとうございます。先生に出会えなかったら、僕は今頃どうなっていたか……」

「何を言う。君であれば、私がいなくてもきっと回復魔法を習得できただろう。それでは私はこれで失礼するよ」

「はい、ありがとうございます」

先生はそれから軽く手を上げて、ロベルト兄さん達が乗っている馬車に乗る。

「行っちゃうんだね……」

そんな皆の姿を見ながら、リーナが僕の服の裾《すそ》を握《にぎ》る。

僕達家族は今までずっと一緒にいた。多少離れることはあったけれど、こうやって、長い間別れることはなかった。だから、リーナは寂《さみ》しがっているのだろう。

「リーナ。大丈夫。みんなすぐに帰ってくるから」

「うん……」

リーナは僕を強く抱き締《し》める。僕はそれを笑って受け入れた。

「出発！」

母さんに怒られて疲弊《ひへい》した様子の父さんが口を開いて出発を宣言する。

ヴィーが乗った馬車もその言葉に合わせて進み出す。

僕は、彼らが屋敷から見えなくなるまで見送り続けた。

そして彼らの姿が見えなくなって数分、僕は大切な妹に声をかける。

「リーナ……そろそろ屋敷に戻ろうか」

＊＊＊＊＊

父さん達が中央に向けて発《た》った翌日、僕は父さんの執務室《しつむしつ》に来ていた。そこでは母さんが仕事をしている。

「母さん、僕、新しい魔法を覚えたいんだけど」

僕は執務席に座って仕事をする母に頼み込む。

「エミリオ……どうしたの？　急に」

「マスラン先生に、先生が中央に行っている間、普通の魔法の練習もしておくように、って言われたんだ。だから、魔法が使える母さんに頼もうかと思って」

「マスラン先生からは習っておかなかったの？」

「先生が使える魔法は火魔法で、それしか教えられないらしいんだ。慣れない魔法を使って、屋敷が燃えたら大変でしょ？　だから、習わなかったんだ」

「そうね、それは良い判断だわ。では早速あなたの部屋に行きましょう」

「うん」


それから二人で僕の部屋に移動して、僕がベッド、母さんがその近くのイスに座った。

二人とも準備ができたところで母さんが口を開く。

「それじゃあ魔法を教えるけれど……正直なことを言うわよ？」

「うん。どうしたの？」

「私、魔法がそこまで得意じゃないから、今から教えようと思っている魔法が成功するか怪しいの。それに、旦那様が残した仕事も残っている。だから……その……私が教えるのは、一時間までにしたいと思うわ。分かった？」

「うん、分かった」

「助かるわ、エミリオ」

それから母さんは少し考えて、説明を始めた。

「これから教える魔法は、一般的な防御魔法よ。消費魔力も多くないし、足場にもできて、結構使い方が多い魔法でもある。だから、覚えておいて損はないわ」

「分かった」

「魔法の名前は『氷板操作《アイスボードコントロール》』。その名の通り氷の板を作るものよ。単なる板だから簡単に壊されるけど、発動が早くて使い勝手が良いっていうメリットもあるわ。一度使ってみるわね」

「お願い」

それから母さんは目を閉じて、呪文の詠唱を始める。

「氷よ、板と成り我が意に従え。『氷板操作《アイスボードコントロール》』」

…………母さんが詠唱しても何も起こらない。

「母さん。今のはしっぱ……」

「エミリオ」

「はい」

母さんは、目は真剣なまま口元だけ笑顔にしている。

なんだろう。どこか恐ろしい気がする。

「言っておくわよ？　魔法を使うことはとても難しいの。ミスなく使える人っていうのは、専門にしている魔法使いとか、研究者とか、冒険者だけなの。良い？」

「う、うん」

「分かったわね？　私は貴族としてやらないといけないことがあって忙しいから、上手くいかないのよ。基礎《きそ》の魔法でも、使わないと忘れてしまうもの。習った魔法は、忘れないようにできれば毎日使いなさい？　良い？」

「わ、分かったよ」

「それで良いわ」

母さんはそれだけ言うと、難しいらしい魔法を何回も使い始めた。

それから三十分が経過した頃、母さんの目の前に薄《うす》い氷の膜《まく》のようなものができた。

「綺麗だね……」

僕は思わずその氷の膜に目を奪われる。それは触れれば簡単に壊れてしまいそうなほどに薄い。

僕はそれをじっくりと観察する。反対側は透《す》けて見えるが、手を近付けてみると冷たさを感じる。

なるほど、やっぱり氷ではあるらしい。

しかし、一分も経たない間にそれはパリンと音を立てて崩《くず》れた。

「あ……」

もっと観察していたかったのに。でも、大体はコツは分かったような気がする。お礼を言おうと思って母さんを見ると――

「ハア……ハア……ゼイ……ゼイ……」

と息を切らしていて、今にも倒れそうなほどだった。顔中から汗をかき、太ももに手をおいてなんとか体勢を保っている。

「母さん……大丈夫？」

「ハア……ハア、も、問題ないわ。これくらい。どうってことない。でも、……そうね。仕事もあるし、今日のところはこれくらいで良い？」

「う、うん。ごめんね。大変な時にお願いしちゃって」

「良いのよ。魔法は難しい。ということを分かってくれれば良いの」

「ありがとう母さん」

「ええ、それじゃあね」

母さんはそう言うと姿勢を直して、部屋から出て行こうとする。

(私も魔法の練習しないと、エミリオに教えられないわ……)

「何か言った？」

「ううん！　何も言っていないわ。それじゃあ気を付けて魔法を使うのよ」

「ありがとう、母さん」

母さんはそれだけ言って、自分の仕事に戻って行った。

僕は、先ほど母さんが使った魔法を想像し、発動させる。

「氷よ、板と成り我が意に従え。『氷板操作《アイスボードコントロール》』」

想像するのは、とても薄く、触れただけでも割れてしまいそうな氷。

先ほど母さんがやって見せてくれた物を頭の中で作り、詠唱をして、体の奥から必要な魔力を引っ張り出す。少し魔力が持って行かれる感覚を味わい、目を開く。

目を開くとベッドの上には、母さんが作ったような綺麗な氷の膜ができていた。

「良かった……できた……」

母さんが難しいと言っていた魔法が成功して、僕は喜びを隠せなかった。

でも、それで満足してはいけない。なぜなら、できることが当たり前で、失敗してはならないというマスラン先生の教えを、心の中に持ち続けているからだ。

僕は目の前にある氷の膜を少し叩く。

——パリン。

「あ……」

すると薄い氷はあっさりと崩れ去ってしまった。成功はしたけれど、これはあまり実用的ではない。この魔法は防御魔法だと母さんは言っていたはずなのに。

「防御魔法なら……もっと厚くした方が良いのかな？」

僕はそう考えて、もう少し厚い氷を想像して、再び魔法を使う。

「氷よ、板と成り我が意に従え。『氷板操作《アイスボードコントロール》』」

新しく作ったのは、十センチメートルにもなるかという厚さの氷の壁だ。

魔法が成功した僕は、気分をよくしてそれを叩いてみる。

コンコン。

「うん。硬い。これなら兄さんも守れたのかな……」

今更少し前のことを思い出す。

「そうだ。それならこんなので満足していたらダメだ。もっと薄く、もっと硬いのを作り出さないと。兄さんもヴィーも守れない」

それから僕の試行錯誤《しこうさくご》が始まった。

「とりあえずの課題は硬く、薄くだ。これをできるだけ意識してみよう」

それぞれの課題には理由がある。

硬くするのは単純に防御力を上げるためだ。

手でちょっと触っただけで壊れるのと、軽く殴《なぐ》りつけないと壊れないのでは雲泥《うんでい》の差がある。

そして薄くするのは、使いやすさを上げるためだ。

僕は基本的に屋敷にいる。もしもこの前みたいな襲撃があったら、さっきのような分厚い物では、逃げる時に不利になってしまうかもしれない。だからできるだけ薄く作れるようにしておくのだ。

もちろん、慣れないうちはとりあえず薄さよりも、硬さを優先して考える。

「よし。まずは何回か使って、今のままで成功させるようにしよう」

頭の中で分厚く硬い氷の板を想像し、それを百回やって百回成功するように練習する。マスラン先生の教えである、『基礎を固める』ということが必要だと思ったからだ。

そして、百回の連続成功は難なくクリアし、僕は次の練習に向かう。ちなみに、生成した氷の板は屋敷の庭に積み上げてある。もちろん、庭に人がいないことは確認済みだ。

「まずは……込める魔力の量を多くしてみよう」

形は分厚いままの想定で、詠唱も一緒。ただし、込める魔力の量を先ほどの倍にしてみる。

「氷よ、板と成り我が意に従え。『氷板操作《アイスボードコントロール》』」

今回も魔法は完成し、想像通りの魔法が完成する。

「良し。良いじゃないか……あ」

僕はそこで間違いに気が付く。

「さっきより硬いのか分かんないなぁ……」

僕はずっと同じ分厚さの氷の板を作っていた。だから、魔力を込めたことで硬さがどう変わったのか分からないのだ。

「やっちゃったなぁ。でも、次は分かりやすい奴を作ろう」

気持ちを切り替える。次こそは絶対に良い物を作れるはずだ。

そう考えて、今度は母さんが作っていた薄さと同じ物を作る。

「これで、軽く叩いて壊れなかったら大丈夫だな」

コンコン。

「やった！　壊れなかった！」

考えていた通り、今までより魔力を多く込めれば、硬さも向上することが分かった。

僕はこれからはもっともっと魔法を使う練習をして、より硬く、より薄い物を作ろうと決めた。

「そうと決まったらどんどんやらないと」

僕はさっきまでずっとやっていたように、魔法で作った氷の板を窓の外に積み上げていく。

コンコン。

「はい？」

新しい物を作ろうとしていたら、部屋のドアがノックされた。

一体誰だろうか？

「あの……失礼します」

「チェルシー。どうしたの？」

部屋に入ってきたメイドのチェルシーが少し言いにくそうに口を開く。

「エミリオ様。屋敷の中に氷の板を積み上げるのはやめていただけないでしょうか……」

「あ……」

僕が外を見ると、僕の部屋から景色が見えなくなるくらいに板が積まれていた。

＊＊＊＊＊

母さんに魔法を習ってから五日。

僕はあれからいろいろな魔法の練習をずっとしていた。

自分で病を治すのはとても高等な技術だ。それを習得するのには、魔法の鍛錬はいくらやってもやりすぎるということはない。ただ、どんな魔法を練習すれば、自分の病を治すことに近付けるのか……それはマスラン先生も詳しいことは分からないという。

でも、できることはしようと思い、いつものように魔法の練習を始めようとしたところで、扉が叩かれた。

「どうぞ」

「失礼します」

そう言って入ってきたのはチェルシーだった。

「どうしたの？」

「奥様が至急《しきゅう》来るように……と」

「分かった。チェルシーに付いて行けば良い？」

「はい。よろしくお願いします」

僕がチェルシーに付いて行った先は、ヴィーが滞在した時に使っていた来客用の部屋だった。

「ここ？」

「はい。お客様がお見えです」

「分かった」

僕は姿勢を正して扉をノックする。

中から返事があったので礼儀を忘れないように背筋を伸ばして入ると、そこには母と、冒険者らしき格好をした四人組がいた。

リーダーだろうか、比較的軽装の男の人がソファに座り、他の人達はソファの後ろに立っている。

そして、後ろの全員がかなりの量の荷物を持っていた。

僕が母さんを見ると、母さんは隣に座るように目線で言ってきた。なので、僕は母さんの隣に腰を降ろして口を開く。

「失礼します。えっと……」

「こちらはBランク冒険者の【彼方《かなた》への祝福《しゅくふく》】の皆さんよ」

母さんが紹介すると、彼らは揃って頭を下げる。

「お初にお目にかかります」

彼らにそう言われて、僕は貴族としてしっかりと返答しなければいけないことを思い出す。

「こちらこそ、僕は……」

僕が名乗ろうとすると、母さんに手を握られて止められた。

それを正しいと言うように、冒険者の人達が慌てて話し始める。

「そんなにかしこまらないでください。我々はただ荷物を急いで運ぶように、そう言われてきただけなんです」

「荷物？」

「はい。エミリオ様に直接お渡しするように……そう言われましたので」

リーダーに促され、後ろの三人が荷物を目の前のテーブルに置き始めた。彼らがそれらを開封すると、たくさんの本とよく分からない物が出てきた。

「これは……」

「こちらが目録《もくろく》になります。ご確認を」

「はぁ……」

母さんは、差し出された目録と品物を確認する。

「……確かにあるみたいですね」

「ではこの依頼書にサインをお願いします」

「分かりました」

母さんがサインをしている間、僕が訳が分からずに品物を見ていると、リーダーらしき人が僕に手紙を差し出してくる。

「エミリオ様ですね？　依頼主より、本人に渡せ、そう言われております。受け取っていただけますか？」

そう言ってくるリーダーさんに、母さんが聞く。

「あの……これはどちらの方からでしょうか？　こんなにたくさん……一体いくらかかるのか……」

「ああ、それはご心配に及びません。この品物はゴルーニ侯爵家長女、ヴィクトリア様からの依頼です。そして、代金は既にお支払い済みです」

「ヴィーが？」

僕は思わず聞いてしまう。

「ヴィー……？　ああ、ヴィクトリア様のことですね。手紙に書いてあるのかもしれませんが……詳しいことは何も」

「ああ、そうですよね。失礼しました」

彼らは単なる運び屋ということか。僕は頭を下げる。

「いえ、では依頼は完了したのでこれで失礼します」

「ありがとうございます」

母さんが礼を言って、リーダーさんに依頼書を渡した。すると彼らもお辞儀をして口を開く。

「いえいえ、こちらこそ大分稼がせていただきました。これからもよろしくお願いします。何かを届ける際は我々【彼方への祝福】にお任せを」

「何かを届けるのが依頼のメインなのですか？」

僕は気になったことを聞いてみる。

「戦闘ができないわけではありませんが、そういう依頼の方が安全ですので。メンバーは皆スピードに自信があります。お急ぎの依頼は是非お願いします」

リーダーさんはそう言って、母さんから受け取った依頼書を確認してから、メンバーと一緒に部屋から出て行った。

僕は母さんと目を見合わせる。

「これ……どうしよう」

「まずは……手紙を読んでみたら？」

「そうだね……」

母さんにそう言われて、僕はヴィーからの手紙を開く。

そこには、流石侯爵家、と思わされることが書かれていた。


エミリオ、お元気ですか？　私はエミリオに会えなくて寂しいです。あと、ロベルトが近くにいないか怖くて困っています……という冗談はさておき、王都に向かうまでの道中で、エミリオのためになるかもしれない物をささやかながら購入しておいたので送っておきます。

そこにある本は全て病に関する物や、病を治すための指南本です。マスラン殿に選んでいただいたので、間違いはないかと思います。

それと、体に気を付けていただきたいので、健康に良さそうな物も少しだけ一緒に送っておきます。それでは、また会える時を楽しみにしています。

ヴィー

ヴィーの手紙を読み終えた僕は、母さんの方を向く。

「ささやかながら……って書いてあるけど……」

「エミリオ。これだけあったら何ができるのか分かりますか？」

母さんに言われて僕は机の上の物を見る。

病に関するという本は二十冊くらいはあるだろうか。他にも、何かよく分からない真っ黒な塊《かたまり》や、くすんだ細長い赤い何か、そんな物がたくさん送られてきている。正直言って、全く見当が付かない。

「分かりません」

「私の見立てが正しければ、ここにある物だけでこの屋敷が建ちます」

「嘘でしょ？」

僕は思わず目を丸くする。

「いえ、本当です。我々が住んでいるこの屋敷は、金貨三百枚くらいで建てましたから」

「金貨三百枚……それってどれくらいの価値だっけ……」

「ああ、そっちの教育はまだでしたね。金貨一枚で、普通の平民であれば父、母、子供二人の四人家族が一ヶ月ほど慎《つつ》ましく暮らせます」

「そんな物が三百枚分も……でも……ヴィーはささやかだって……」

「それはあなたが気にしないようにでしょう。この黒い塊はBランクの魔物、グリズリーベアの肝《きも》で、安くても金貨五十枚はします。そしてこの細長いのは獄虫火草《ごくちゅうかそう》。火山で死んだ虫に極稀《ごくまれ》に寄《き》生《せい》する植物ですね。こちらは金貨七十枚でしょうか？　それぞれ体力を増幅させたり、魔力を一時的に増やすと言われる、べらぼうに高い品です」

　母さんが早口で品物について説明してくれた。

　僕はそんな母さんの口から出た耳慣れない単語を、思わず聞き返してしまう。

「べらぼう……？」

「なぜそっちに反応するのですか？　まぁ良いです。これを売ればかなりの金額になりますが、流石にそれはやめておきましょう。贈り物ですからね」

　母さんの口調が変なのは、これだけ高価な物に囲まれているからかもしれない。母さんの目が金貨になっている錯覚《さっかく》すらしてくる。

「ただ……普通に保管するには少し難しいですね。私の方で処置をしておきます」

「お願い。僕には保管方法とか分からないから……それよりも、この本を読んでも良い？」

僕としては、病の治療のための本が是非とも読みたい。体調も今は良いからね。

「良いけれど……きっと難しいですよ？」

「分からないところがあったら聞いても良い？」

「ええ、構いませんよ」

母さんはそう言って笑いかけてくれた。

「それでは、誰かメイドを呼びましょう。本を運んでもらいます。サシャが良いかしらね」

「え、でも、これだけの量だよ。かなり重いんじゃ」

「サシャなら問題ありません」

それから母さんはサシャを呼び、サシャは本当に、たった一度で二十冊もの本を全て僕の部屋に運んだ。

「これで終わりですか？」

そう聞いてくるサシャに、僕はお礼を言う。

「うん。ありがとうサシャ」

「これくらい朝飯前です！　またお呼びください！」

彼女はそう言って元気そうに去って行った。全然知らなかったけど、彼女はすごい力持ちだったみたいだ。

それから僕は自室のベッドで本を読み始める。最初に読む本は、基本であろう、『病の治し方①基礎編』という本だ。

僕はまだ文字の勉強を始めたばかりということもあり、一番簡単そうな本を母に選んでもらった。本当はもっと難しい本を読んでみたいと思って一冊開いてみたのだけれど、分からない単語だらけで読むのを諦《あきら》めた。

この簡単な本は、今の僕には丁度良かったらしい。本の中に、僕がやるべきことを一つ見つけたのだ。

その本に書いてあったのは、病の治療中は宙に浮かぶ感覚が必要になるらしいということだ。なので、僕は宙に浮かぶ魔法を習得することにした。

「宙に浮かぶ……」

どうしようかと考えた時に、それは今すぐ練習できることに気が付いた。

あの氷の板に乗れば良いんじゃないか？

そう思った僕はすぐに魔法を唱える。

「氷よ、板と成り我が意に従え。『氷板操作《アイスボードコントロール》』」

部屋の中で厚さは十センチメートルほどの氷の板を作り出した。乗って壊れると怖いので、できるだけ硬くする。

「これで大丈夫なはず……」

硬さは、僕が今できる限界くらいにしてみた。それを操作し、床にそっと降ろす。

恐る恐る右足を乗せる。

トン。

足の裏から返ってくる反応はとても頼もしかった。次は思い切って両足を乗せる。

「……」

更に板の上を歩き回るけれど特に問題はない。

ただ氷なので、ちょっと滑りそうかも。気を付けて乗るようにしないと。

「よし。あとは……」

これを浮かせるのだ。そうしたら、浮いているという感覚を掴めるかもしれない。

「そっと……そっと……」

僕は細心の注意を払いながら、氷の板を十センチメートルほど浮かす。

「これが……浮かぶ感覚？」

足の下の氷を浮かせているせいか、あまり浮かんでいるという感じはしない。

けれど、少しずつでもやっていけば、感覚として掴めるかもしれない。それから少しずつ……少しずつ高さを上げていき、天井に手が届くほどまで浮かび上がった。

「おお……この高さまで来ると、確かに浮かんでいるっていう感じになるかも」

僕はそれから何回もその練習をした。浮かぶ感覚を掴むための練習と同時に、氷の板をもっと自在に動かす練習も兼ねていたのだ。

「はは！　これは楽しいかも！　あ」

僕は氷の上ということを忘れてはしゃいでしまって足を滑らせて、氷の上から放り出される。

死んだ……

ボフ。

そう思った次の瞬間、僕はベッドの上に飛び込んでいた。

「危なかった……もう油断しない」

もう少し落ちる場所がずれていたら、きっと床に叩きつけられていた。ベッドの上で良かった……油断してはいけない。それを体で覚えられたのも、ある意味では良かったかもしれない。

＊＊＊＊＊

ヴィーからの贈り物を受け取ってから五日が経っていた。

僕は今、自分の部屋で魔法の練習に熱中している。

時間は夜で、気が付いたらかなり遅い時間になっていた。

「氷よ、板と成り我が意に従え。『氷板操作《アイスボードコントロール》』」

僕は目の前に、厚さ一センチメートルもない、透き通るような氷の板を生成した。

そしてそれを動かす。移動速度はこの前作れるようになった氷の玉の倍くらいの速さだ。

これに乗って移動もできるのかもしれないけれど、この前のこともあるし、注意が必要だ。

「他に……できることってあるかな……」

僕がこの魔法を母に習ってから、できることは色々と練習していた。この素早く動かす練習もその中の一つだ。

他にやったことと言えば、氷の色を変えてみたり、分厚いのに脆《もろ》く作ってみたりもした。

あとは当然、時間を見つけては板に乗って浮かぶ練習を続けている。ただし、最初に落ちた時の反省を生かして、周囲を別の氷の板で囲って落ちないようにしている。加えて、板の表面をあえてギザギザにして、滑り止めにしてみたりもした。

これによって、滑ることは格段に減った。色々とやっている間に、こんなこともできないか、こんなふうにできないか、と思いつく限りのことをやり続けた。

そうしていると、厚さ一センチメートルだけれど、かなり硬い板を作れるようになった。

「それなりにはやったかな……」

ただ、最近では魔法を使いすぎて母さんに怒られるようになってしまった。

僕は時計に目を向けると、そろそろかと思う。

そう思ったタイミングで、母さんが僕の部屋に入ってきた。

「エミリオ。そろそろ寝るわよ」

「はい。母さん」

僕が夜な夜なずっと魔法を練習していたら、こうやって母さんが、これ以上魔法を使わないように迎えに来るようになったのだ。僕は母さんの後に付いて行き、彼女に続く形で両親の寝室に入る。

両親の寝室はかなり広く、天蓋《てんがい》付きのとても大きなベッドが置かれていた。他にもソファだったりテーブルだったり、客室と同じくらいの広さがある。

僕が母さんに続いてベッドに行くと、既にリーナが眠っていた。

「もう寝ちゃったんだ」

「そうよ。エミリオも、魔法の練習をするのも良いけど、ちゃんと寝なさい？」

「分かってるよ。だからこうして一緒に寝てるんでしょ？」

「じゃないとあなたが寝ないから……サシャから、夜中ずっと氷の板が落ちる音がするって言われた時は信じられなかったんだから」

「ごめんなさい……」

チェルシーに注意されてからは、氷の板を処分する時は、屋敷の中ではなく、屋敷の外側に捨てていた。だから、普通は聞こえるはずがないと思っていたんだけど……どうやらサシャは耳が良いらしい。

「それに、本当に体調は大丈夫なんでしょうね？」

「大丈夫だよ。最近は体調も良いし、咳《せ》いてもないでしょ？」

「そうだけど……」

「だから安心して、大丈夫だから」

「そう……それで、今日もやる？」

「うん。お願い」

「そう、さ、いらっしゃい」

僕は母さんの隣に寝転がる。そしてベッドの明かりを頼りに、本を読むというのが最近の日課だ。

最初はリーナが起きないか心配していたけれど、軽く揺《ゆ》すったりしても全く起きないことを知ってからは、こうやって隣で本を読んでいる。

母さんは日中、父さんの代わりの政務で忙しいので、このタイミングでないと分からないことを聞けないのだ。

「母さん。この文字の意味は？」

「それは『体力』ね」

「それじゃあこっちは？」

「それは『やめる』ね」

「なるほど……」

こうやって毎晩分からないことを母さんに教えてもらっている。本を読むことで、色々と病の治療のための勉強になって助かる。そして、今日は特に気になる部分を見つけた。

「ねぇ母さん」

「なに？」

「ここってさ、病を治療する術者は体力があればあるほど良い、っていうこと？」

「……そうね。そう書いてあるわね」

僕はそれ以降分からない単語が多くて母さんに聞く。

「詳しく教えてくれる？」

「えっとね……『病の治療はかなりの長時間になる。そのため、治療する術者本人にも体力が必要』ですって。病を治せる回復術師が少ないのもこれが原因でもあるみたいよ」

「そうなの？」

「ええ、年をとって回復魔法の技量が上がっても、その頃には病を治療するだけの体力がなくなっている場合が多いの。だから、病を治療できる人は、それだけで優遇《ゆうぐう》されるのよ」

「なるほど……じゃあ……」

今日発見したことは、最近母さんに読んでもらった情報の中で、一番大切なことかもしれない。

体力が必要になってくるのであれば、僕は……もっと運動をしてスタミナを付けなくてはならないのだから。

それから僕は、母さんが眠そうにし始めるまで聞き続けた。

「エミリオ。今日はもうお終い。続きは明日ね」

「はい。ありがとう母さん」

「良いのよ」

母さんは欠伸《あくび》をしながら明かりを消した。部屋の中は月明かりが入り込んでいる。

「それじゃあ、寝ましょう。子守唄《こもりうた》を歌ってあげるわ」

「母さん……」

「♪～～～」

僕は母さんの声に、どこか懐かしさと嬉しさを感じながら眠りについた。

＊＊＊＊＊

次の日。

僕は昨日の、体力が必要という話を思い出して、屋敷の中を歩き回っていた。

すると、メイド達の話す声が聞こえる。

「私なら大丈夫ですって！　任せてください！」

「ダメよ、サシャ。あたしはあなたが心配なの。本当に店を間違わずに行けるって思ってるの？」

「大丈夫！　きっとなんとかなりますから！　チェルシー、私の目が信じられませんか？」

「何度もその目を信じたけれど、十回裏切られてからは数えていないわ」

僕は少し騒がしいその声が気になって行ってみる。

そこでは、メイドのチェルシーとサシャが話しているところだった。

「何を話しているの？」

「エミリオ様……」

「エミリオ様。お仕事の話ですよ！　すぐに私が解決しますから！」

サシャは黒髪《くろかみ》のおさげを揺らして元気そうに言う。

「ダメですって。何回言ったら分かるの……」

そう言ってチェルシーは、肩をがっくりと落とす。

「なんの話なの？」

「それが、町に結構な量の買い出しに行かないといけないのですが、手の空いている者がサシャしかおらず……」

「それの何がダメなの？」

「……以前買い出しを任せたら、必要ない物をたくさん買ってきて、必要な物を一つも買ってこなかったんですよ……」

「それは……」

僕がどうして……？と思ってサシャを見ると、彼女は笑顔全開で右手でピースサインを作って僕に向けていた。

なんで誇《ほこ》らしそうにしているんだ。

そんな彼女は元気よく言う。

「大丈夫ですって！　今回はきっちりとやってみせます！」

「それができないから言っているんじゃないですか……はぁ、誰か付いて行ってくださる方がいれば……」

僕は、町に行くのであれば体力作りに丁度良いのではないかと思って口を開く。

「僕が付いて行こうか？」

「え？」

「本当ですか！」

チェルシーは驚いていて、サシャは喜びの表情を浮かべていた。

「うん。最近元気も良いし、体力も付けたいから行ってみたいんだ」

「それは……エミリオ様であれば大丈夫だとは思いますが……」

チェルシーはそれでもまだ何か言いたげな顔をしている。でも買い物に行くことは決まっているのだと思う。なら、僕がもう一押ししよう。

「大丈夫。僕も今は元気だし、すごく町に行きたいんだ。だから、ね？　お願い！」

「……分かりました。では、エミリオ様、お願いします」

「うん！　任せて！」

「やりましたねエミリオ様！　これでお菓子《かし》買い放題ですよ！」

サシャは違うところで喜んでいる。

「ダメだよサシャ。ちゃんと必要な物を買わなきゃ」

「えー」

サシャがそう言って残念そうな顔をする。

「えーじゃありません。ではエミリオ様。これが今回の資金と、必要な物のリストです。重たい物はサシャに任せて良いので、よろしくお願いします」

チェルシーがそう言って、お金の入った小さな袋と、買い物リストを渡してくる。

「うん。分かった」

「ちぇー。チェルシーのケチ」

「サシャ……あなた……帰ってきたら覚悟しておきなさい？」

チェルシーからの圧力を感じ、僕もちょっと怖くなってしまう。

サシャもそれは一緒だったのか、僕の体をお姫様のように持ち上げた。

「さ、エミリオ様、すぐに行きましょう。時間がかかると大変ですからね！」

「え？　この体勢で？」

サシャは僕をお姫様抱っこしたまま、すぐに屋敷から出て行く。

それも、風を切るような速度で走って行くので、ちょっと怖い。

「ま、待ってサシャ！」

「何を待つんですか？　エミリオ様」

僕はサシャに抱えられたまま、屋敷の門から伸びる道を進んでいた。

ロベルト兄さんと初めて外に出た時に、いつか歩いてみたいと思っていた道を、サシャはなんの躊躇《ためら》いもなく進んで行くのだ。流石に少しくらいは堪能させてほしい。

「ちょっと止まって！　僕を抱えてそんな速度で走らないで！」

でも、僕が止まってと言ったら止まってくれた。

「しかし……エミリオ様に歩かせるわけには……」

「そんなこと言っても、僕を抱えて町まで行くなんて、体力は大丈夫なの？　疲れて帰れなくなっても知らないよ？」

「私は大丈夫ですよ？　体力には自信があります！」

「そ、そうなんだ……」

重たい物は任せて問題ないとチェルシーに言われていたし、やっぱり体力がすごくあるのかもしれない。

「はい。なので、任せてください。エミリオ様を運ぶくらい、朝飯前です！」

「ありがとうサシャ。でも、ごめん。わがまま言っても良いかな？」

「はい？　なんですか？」

「この道……僕は自分の足で進んでみたいんだ。サシャと比べたら遅いんだけど……ダメかな？」

「エミリオ様……」

「サシャ？」

彼女はじっと僕を見つめてくる。

ど、どうしたのだろう。

何か気に障《さわ》ることを言ってしまったのだろうか。

「エミリオ様。私こそ申し訳ありませんでした。エミリオ様の気持ちも考えず……」

「そ、そんなことないよ。サシャが僕を抱えて走ってくれるなんて想像もしてなかったからね」

「いえ、それは……ですが、そういうことでしたら、一緒に歩きましょう！　もし帰るのが多少遅くなっても、チェルシーに言い訳できますから！」

彼女はそう言って、僕を地面に降ろしてくれる。

「ふふ、ありがとうサシャ」

僕はサシャにお礼を言ってから、彼女に何かしてやれないか考える。

「そうだ。サシャ。ちょっと待ってて」

「はい？」

僕はせっかくなら魔法を使ってあげたい、そう思って集中する。

「氷よ、板と成り我が意に従え。『氷板操作《アイスボードコントロール》』」

「これは……」

僕はすぐ近くに、人が一人が座れるサイズで、表面に落下防止のザラザラが付いた氷の板を作る。

そして、サシャに向かって差し出した。

「サシャ。これに乗せて運んであげようか？　ああ、横になってもいいよ。ちょっと冷たいかもしれないけど……」

「いえ……これは……どうやったんですか？」

「どうって……魔法でだけど？」

「そうですか……分かりました。それではエミリオ様のご厚意《こうい》に甘えさせてもらいますね。よいしょっと」

サシャはそう言って氷の板の上に普通に立った。そこまで大きく作っていないのにすごい。

「おお～、これは楽ですね」

「でしょ？　速度も、そこそこ出せるんだ。動かすよ」

「はい。うわわわ！　結構速いですね！」

サシャがちょっと驚くくらいには速度を出した。僕も落とさないように気を付けたけれど、彼女は体重を巧《たく》みに移動させ、振り落とされることなく乗りこなしている。運動神経もすごく良いみたいだ。

「あはは！　これ良いですね！　乗っているだけでも楽しいです！　エミリオ様はこんな魔法も使えるなんてすごいです！」

「でしょ？　こんなこともできるんだから！」

「すごーい！」

僕はそうやって彼女を楽しませながら、町まで歩いて行った。

＊＊＊＊＊

「ここが……町？」

「はい。バルトラン男爵様が治める町、アップトペルです」

僕の目には小さな家々が連なり、その前の道を大勢の人達が歩いてる。

歩く人々の服は少し質素《しっそ》な感じがするけれど、その顔は元気そうだ。

僕も負けていられない、少しでも歩いて体力を付けなければと思っていた。でも、こんな多くの人は初めて見たので、そちらに目を奪われてしまう。

「すごい……こんなにも人がいるなんて……」

「何を言っているんですか。ここは町の端《はし》っこなんですよ？　中に入っていけばもっと人がいます」

「本当!?」

「はい。それでは行きましょうか」

「うん！」

サシャは氷の板から降りて、僕の手を握って進む。

「危ないので一緒に行きましょう」

「う、うん」

僕が彼女に連れられて進むと、サシャは人気者なのか、店先で商品を売る人々に声をかけられる。

「お！　サシャちゃん！　これ持ってきな！」

「おいおい、リンマの実はウチの方が美味《うま》いんだ！　こっちのを持っていってくれ！」

町の入り口を入って少しした所には、青果店が向かい合って立っており、店主らしき二人が僕達に向かって、赤くて美味しそうなリンマの実を投げてきた。シャリっとした食感と甘みが美味しい、バルトラン領の特産品だ。

「わわ！　あ、ありがとうございます！」

サシャはそう言いながら、飛んできた二つの実を片手で器用にキャッチした。

「ん？　その子供はどこの子供だい？」

「サシャちゃん、いつの間に子供を？　ウチのバカ息子をもらってくれるって言ってたじゃないか」

「違います！　というかもらう予定もありません！　こちらの方はバルトラン男爵の次男、エミリオ様です！」

「……」

「……」

サシャが胸を張りながら、僕のことを紹介してくれる。そのおかげで、少し前までサシャに声をかけていた、向かい合った八百屋のおじさん二人の視線が僕に移った。

一人は身長が二メートルはあり、かなり筋肉質で頭にねじり鉢巻《はちま》きを巻いている。もう一人は目つきが鋭く、怖そうな雰囲気を感じさせた。注目を浴びて嬉《うれ》しい半面、どんなことになるのか少し怖い。しかし、それは杞憂《きゆう》だったみたいだ。

「おお！　あなたがあの次男様ですか！」

「エミリオ様が来られているのでは、リンマの実一つなどと言っていられませんね。一袋お持ちください！」

「何!?　俺のリンマの実を持っていってもらう！　そっちは引っ込んでろ！」

「お前が引っ込んでろ！」

「「がるるるるるるる」」

二人はそう言って争い合っていた。しかし、周囲の人達が止める様子はないので、いつものことなのかもしれない。

そんなことを考えていると、また違った人から声をかけられた。先ほどのサシャの言葉で、町の人に僕が男爵家の次男であることが知れ渡ったようだ。

「エミリオ様。突然失礼します。バルトラン男爵様には良い統治をしていただいて、この町の者は皆感謝しております」

「う、うん。ありがとう……？」

なんと言えば良いのか分からず、そう返すことしかできない。

「私も感謝しています。これを是非お持ちください」

「こちらの物も是非」

そう言って町に多くの人がお礼を言ったり、店の売り物をくれたりした。

気が付くと人だかりができていて、ちょっとした騒ぎになっている。

「はい！　エミリオ様に品物を渡したい方にはこちらに並んでください！　順番を破る人はお尻叩きの刑ですよ！」

いつの間にかサシャがそんなふうに人の流れの整理をしてくれているが、あまりの多さに僕はちょっと困ってしまう。

それが終わったのは、三十分は経ってからだった。

「ふぅ……終わったね……」

「はい。流石バルトラン男爵ですね。良い治世をしていらっしゃいます。伊達《だて》にゴルーニ侯爵家の派閥《はばつ》に入ってはいないですね」

「それってすごいことなの？」

「ええ、ゴルーニ侯爵家は中央でもかなりの力を持っていますから。普通、その派閥にただの男爵が入れるわけがありませんよ」

「そうなんだ……」

僕はサシャの言葉を嬉しく思い、この町の様子をじっと見る。

道行く人達の顔は明るく、見ているこっちまで幸せを感じられた。

「良いなぁ……」

両親がやっていることだけど、こんなにも多くの人を幸せにしていて、とても素晴らしい。

僕も、多くの人をこうやって笑顔にできるようになりたい、心からそう思う。

「と、買い物をすませないと」

「あ、そうでした。すっかり忘れてました！」

「それじゃあ行こうか」

「はい！」

僕は嬉しい気持ちを少し抑えていたが、足取りが少し軽くなっているのを感じていた。


「これで買い物は終わりかな？」

「ですね！」

それから買い物をしたのだけれど、店の人はおまけをしてくれた。そのおかげか、かなり資金には余裕がある。

しかもおまけをされすぎて、少し心配になるほどの荷物をサシャは持っていた。

「サシャ。大丈夫？」

「はい、大丈夫です」

「そう。それなら……もうちょっと持てそう？」

「ええ!?　だ、大丈夫ですよ？　でも、あんまり重たいのは許してほしいかなって」

サシャはそう言っているが、少し困ったような顔をしていた。

「大丈夫。そこまで重たくないし、すぐそこの店だよ」

「ここは……」

僕達は、サシャが道中に行きたいと話していたパン屋に来ていた。ここは、少量ながらお菓子も売っているらしい。

「チェルシーとか、皆の分も買っていこう」

「はい！」

サシャは笑顔になって頷いてくれる。僕はただ手伝いに来ただけだけれど、そんな顔をされたらこちらも嬉しくなる。

「まいどー」

店主にそう言われながら、僕達は店を出る。店では屋敷の人全員の分のお菓子を買った。これで後は屋敷に帰るだけだ。

「それじゃあ帰ろうか」

「あ！」

「どうしたの、サシャ？」

帰るだけだと思ったら、サシャが何かを思い出したようだ。

「あの……大変申し訳ないんですが、ちょっと寄りたいお店があるんです。よろしいでしょうか？」

「もちろん構わないよ？　どこ？」

「口で説明するのが難しいので……付いてきてほしいです」

「うん。分かった」

「ありがとうございます！」

そう言ってサシャは道案内をしてくれる。ただ、今までは大通りを歩いていたのだけれど、今はどこか暗く、湿った感じのする細い道を進み始めた。

「えっと……ここを……こっち……で良いんだよね？　それで……ここは……こっちかな？」

「サシャ、道は覚えてるの？」

僕の方を振り向かず進んで行くサシャに、僕は声をかける。

「だ、大丈夫ですよ！　もう十回以上は来ているんですから！」

「そ、そうだよね」

「もちろんですよ！」

サシャはアハハ……と笑っているけれど、決してこちらを見ようとしないのは何か理由があるのだろうか。


それから数分後、サシャの目的の店に着いた。

「あった！」

「ここ？」

僕はそのお店の看板を探したけれど、それらしき物は見つからなかった。

それどころか、普通の民家と言われても納得できそうな店構えだった。

「はい！　ここで合っています！　では中に入りましょう！」

「うん」

僕らが店に入ると、そこには、目つきの悪い老人がイスに座っていて、僕らを見つめていた。

彼は机を挟んだ向こう側から僕らを一瞥《いちべつ》した後、一言呟《つぶや》く。

「お前か」

「はい！　お願いした物を取りに来ました！」

「少し待て」

そう言って老人は店の奥に入って行く。

僕は、その間に店の中を見回す。

ここは雑貨商だろうか？　瓶《びん》や何かの植物、ナイフ、アクセサリー、保存食など、色々な物が売られているようだった。

「これで良いな」

　一分もしない内に老人が戻ってきた。彼は手に黒い布で包まれた何かを持っていて、彼と僕達の間にある机にそれをカチャリと金属音がするように置いた。

「確認しろ」

「はい！　エミリオ様。少しよそを見ていてくださいますか？」

「？　分かった」

　そう言われた僕は視線を逸らす。すると、数十秒もしない内にサシャに再び声をかけられた。

「エミリオ様。もう大丈夫です」

　サシャは音もなく先ほどの物をしまったらしい。

「もう良いの？」

「はい。確認はしましたので！　それでは出ましょう！」

「え？　用事も終わったの？　お金は？」

「それはもう払ってあるので！」

　僕の疑問に、サシャは元気に答えていく。

「そうなんだ。それじゃあ」

　僕達は揃って店から出た。ただ、今まで感じたことのない雰囲気の店だったので、僕は思わず聞こうとする。

「ねぇサシャ。今の店って……」

「しっ！」

「？」

僕が何かを言おうとすると、サシャが唇に指を立てて、黙るように合図した。

大人しく従うと、とある声が聞こえてくる。

「ママー！」

迷子だろうか？　僕は声がした方に向かって歩き出す。

どこにいるかは分からないけれど、放っておくことはできない。

僕はできる限りの速度を出している。ここまで結構歩きづめだったので、かなり心臓が苦しい。

今すぐにでも足を止めてしまいそうだ。

後ろからサシャが声をかけてくる。

「助けに行かれるのですか？」

「行くに決まってるよ！　ぐっ！　……子供が泣いているんだもん！」

「だけどお体が……」

「大丈夫！　多少の無茶をした方が、体力も付くんじゃないかな……」

「それは……かしこまりました。声は子供のものだけでしょうか……？」

「はぁ……はぁ……いいから行くよ」

「はい。かしこまりました」

サシャは僕の後ろから付いてきてくれる。でも、今は先に行ってほしい。

「サシャ！　僕のことは良いから先に子供の方に行って！」

「それはできかねます」

「なんで！」

「私のお役目はエミリオ様と一緒にいることですので。それに……もうすぐ着きます」

「え～～～ん！　え～～～ん！」

サシャの言った通り、先ほどの店から少し先の角を右に曲がったところに、リーナと同じくらいの小さな少女がいた。

彼女はその場に座り込み、大声で泣いている。しかもどこかで転んだのか服や体は泥《どろ》だらけで、手や足からは血が流れていた。

「大丈夫⁉」

「え～～～ん！」

僕が声をかけても少女は泣くばかりだった。

「サシャ、なんとかできる⁉」

「え？　わ、私に、子供はいないので……」

「それは知ってるよ⁉　……僕がやってみるね」

僕はまずは彼女の側にゆっくりと近付いていく。

「痛いよね？　怖いよね？　でも大丈夫だよ。立てる？」

「…………」

その子は僕達が近付くと、いつの間にか泣き止んでいた。そして、警戒しているのか僕達を見つめて視線を逸らさない。その子はくすんだ赤毛に、頬《ほお》にはそばかすがある少女だった。

「怖くないよ。ほら。僕は何も持っていないから」

両手を上げて、何も持っていないことを見せる。

「………痛い」

「痛い？」

「うん。痛い……」

彼女はそう言って自身の擦りむいた体を見つめる。

僕は少しだけ考えて、マスラン先生に心の中で謝った。

僕は女の子に向かって尋ねる。

「君、お名前は？」

「わたしはアイネ」

「そう。アイネって言うんだ。僕はエミリオだよ」

「エミリオ……？」

「うん。アイネ。これから僕がやること、黙っててくれる？　そうしたら、痛いのを治してあげる」

「本当？」

「うん。本当」

「分かった。黙ってる」

不安そうなアイネを怖がらせないように、笑顔を絶やさずに続ける。

「じゃあ目を閉じて」

「うん」

彼女は僕が言った通りに素直に目を閉じる。

そして、魔法を使おうとしたところで、サシャに声をかけられた。

「エミリオ様、本当によろしいのですか？」

「サシャ……だって、困っているんだもん。やった方が良いと思うんだ。それに、この町の人達のために、僕も……何かしたい。今日、僕がこんなにも町の人に受け入れられたのは父さんと母さんがしっかりと仕事をしてくれたからだよね？　だから、僕も……僕ができることをやりたいんだ」

「エミリオ様……」

「でも、これは母さんには内緒にしてね？」

「もう……仕方ありませんね」

「ありがとう。サシャ」

僕は彼女にそう言って、魔法を使うために集中する。

回復魔法を使う時は、失敗してはいけない。それが最初の基本だ。

失敗しないためには、何があっても集中を切らしてはいけない。

目を瞑り、彼女が元気に走り回れるような想像をして、詠唱を紡《つむ》ぐ。

「其の体は頑強なり、其の心は奮い立つ。幾億の者よ立ち上がれ。『体力増強《ライフブースト》』」

魔力を引っ張り出し、彼女が元気になるように注ぎ込む。

「ふわあああ……何だか温かい……」

アイネの言葉を聞き、僕も目を開ける。すると、彼女の体は緑色にぼんやりと光っていた。

良かった、成功だ。

「どう？　体は痛い？」

「え……痛くない！」

「良かった。今起きたことは秘密だよ？　僕とアイネの秘密。良い？」

「……うん。良い」

彼女は元気になったのか、ちょっと顔を赤くしながら頷いている。これで僕も町のために何かできただろうか。

「それじゃあ歩ける？」

僕は彼女に微笑みかけるけれど、彼女はそこから動く気配がない。

「どうしたの？」

「怖い……」

そう言うアイネの視線の先を見る。

なるほど、この周囲の雰囲気が怖いようだ。確かに空は狭いうえに、明かりが点いていない店が多く周囲は薄暗い。

「それじゃ……もう一つ、僕との間に秘密を作ってくれる？」

アイネを安心させなくては。そう思った僕は、もう一度魔法を使うことにした。

「秘密……？」

「うん。約束できる？」

「できる！」

「良い子だね。それじゃあちょっと見ていて」

僕はもう一度目を閉じて、集中する。作り出すのは最近よく作っている物。

それの色を変え、サイズをもっと小さくする想像をする。

「氷よ、板と成り我が意に従え。『氷板操作《アイスボードコントロール》』」

僕は自分の前に色とりどりの氷の板を作り出す。そしてそれをそのまま動かしていく。

「わぁ～～～」

アイネの喜ぶ声が聞こえ、僕は目を開ける。そして板を彼女の周囲で回らせたり、ステンドグラスのような物を作ったりして、アイネを楽しませる。

「すごいすごい！」

彼女は目を輝かせて、じっと僕が操る氷の板を見ていた。その目は、家でリーナが嬉しそうに僕の魔法を見ている時と重なって見える。

「エミリオ様……あなたの魔法は……そうやって……人のために使われるのですね……」

「ん？　何か言った？」

「いえ……なんでもありません」

魔法に集中していてサシャの言葉を聞き逃してしまった。

「もっとやって！」

しかし、アイネの要求にも応えなければ。そう思ってそれから少しの間、僕はアイネに魔法を見せ続けた。

「もう怖くない？」

「うん！　怖くない！」

「良かった。それじゃあ一緒に行こう？」

「うん！　手つないで！」

「良いよ」

僕は彼女と手を繋ぎ、一緒に大通りに向かって歩き出す。そして、丁度良い物があることを思い出した。

「サシャ、お菓子を一つ取ってもらえる？」

「ええ!?　今食べるんですか!?　流石にお茶とかのご用意が……」

「なくても良いよ。一つだけで良いから……ダメかな？」

「はぁ……どうぞ」

サシャはまだ、ここで食べるの？と首を傾げながら、僕にお菓子を一つ渡してくる。

僕はそれをアイネにあげた。

「これは……？」

「これはパン屋で買ったお菓子だよ。食べて良いよ」

「え……良いの？　お菓子って高いんでしょ？」

「大丈夫。気にしないで」

「……」

アイネは迷っているのか、僕の顔とお菓子を交互に見つめている。そんな仕草《しぐさ》がやはり可愛らしく見えた。

「良いから食べて？」

「うん……」

彼女は少し戸惑いながらも、小さな口を開いてパクリと齧《かじ》った。

「ん～～～！」

彼女はそれを食べると、目を輝かせて美味しさを僕に伝えてくる。

「美味しい？」

僕がそう聞くと、彼女は口を閉じたままブンブンと大きく頭を縦に振る。頭が取れるんじゃないのかと思うほどだった。

それから彼女は一生懸命《いっしょうけんめい》お菓子を食べて、半分ほど食べたところでピタリと動きが止まる。

「どうしたの？」

「……はい。残りはエミリオが食べて」

「僕が？」

そう言って彼女が差し出したお菓子を、僕はじっと見つめる。

「うん。わたしだけ食べるのは……良くない」

「僕は良いよ。アイネが全部食べちゃっても」

「ううん。エミリオが残りを食べて。わたしは……もう大丈夫だから」

ここで彼女の気持ちを受け取らないのは失礼かもしれない。

僕はそう思って残りの半分を口に放り込んだ。

甘い味が口いっぱいに広がっていく。アイネが美味しいと言っているだけあって流石の味だ。

「美味しい？」

アイネが聞いてくるので、僕は正直に答える。

「うん。美味しいよ」

彼女の顔がパァっと明るくなり、嬉しそうに笑ってくれた。

そんなことをしていたら、大通りに戻ってきていた。

すると、すぐ近くから女性の声が聞こえた。

「アイネ！」

そちらを向くと、どことなくアイネの面影《おもかげ》のある女性が向かってきた。

「ママ！」

アイネがその女性を見て目を潤《うる》ませる。どうやら、アイネの母親のようだ。

僕は彼女と繋いだ手を放し、そっと背中を押した。

「行っておいで」

「うん！　ママ！」

「アイネ！」

二人は抱き合い、再会を果たした。

良かった。これで少しは良いことができただろう。

二人の様子を見て安心したので、僕は帰ろうとサシャに目線を送る。

「よろしいのですか？」

「うん。無事だったんだし、これで良いでしょ」

「……そうですね」

サシャはそう言って優しく微笑んだ。

僕達が帰ろうと彼女達に背を向けると、後ろから声をかけられた。

「エミリオ！」

「アイネ？」

振り返ると、アイネのお母さんが口を開く。

「そのお名前に、メイドを連れているということは……バルトラン男爵家の方でしたか。うちの娘が本当にご迷惑をおかけして……なんとお詫《わ》びを言って良いか……」

「気にしないでください。僕達は彼女と遊んでいただけで、謝られるようなことはされていませんから」

「ですが……」

そう言って申し訳なさそうにするお母さんに、アイネが良いアイデアがあると言わんばかりに叫んだ。

「それじゃあわたしがエミリオのお嫁《よめ》さんになってあげるね！　それなら良いでしょ！」

「あはは、それは……流石に早いかな」

「そんなことないもん！　アイネいつもママの手伝いしてるもん！」

「アイネは頑張り屋さんだね。でも、そういう話はもっと大きくなってから。良い？」

「そんな……」

僕の言葉にアイネは少し悲しそうな表情を浮かべる。

「良い子にしてたら、また遊ぼうね」

「うん……分かった……」

「それじゃあね」

「バイバイ」

「うん。バイバイ！」

それから僕達は別れた。アイネはずっと手を振り続けていて、彼女の母は何度も頭を下げていた。

僕達は町を出て、屋敷への道を歩く。

空は夕日が真っ赤に照らしていて、屋敷に着く頃には夜になっているかもしれない。

人通りが少なくなってから、僕は魔法を発動させた。

「氷よ、板と成り我が意に従え。『氷板操作《アイスボードコントロール》』」

「エミリオ様？」

僕は少し大きめの板を作り、サシャの前に横たえる。

「サシャ、荷物はこの上に置いて。それならサシャも楽でしょう？」

「え……しかし……私が何もせずに、エミリオ様に働かせるわけには……」

「良いから。サシャには色々と助けてもらってるし、それとも、命令した方が良いの？」

「……かしこまりました。載せさせていただきます」

彼女はそう言って板の上に荷物を置いていく。

「うん。それじゃあ帰ろうか。流石に疲れたよ」

「私が抱っこして行きましょうか？」

「良いよ。これくらい歩きたいんだ」

そう強がりはするけれど、正直足が棒になったみたいで歩くのが辛い。でも今日は……最後まで自分の足で歩きたい。

そんな僕の気持ちを察したのか、サシャはニコリとしながら答えてくれる。

「はい。でも、何かしてほしいことがあったら言ってくださいね？　私にできる限りのことはやりますから」

「ありがとう。サシャ」

こうして、僕達は歩いて屋敷に向かった。

初めて町に行ったことは、とても楽しい思い出になった。

ただ、その日から三日間は筋肉痛で動けなくなった。

やっぱり、いきなり運動するのはダメだったみたいだ。

＊＊＊＊＊

「いつつ……やっと歩けるようになったかな……」

アイネと初めて会ってから四日、僕はようやくベッドから起き上がれるようになった。こんなにも酷い筋肉痛は初めてで、もう運動なんてしたくないとまで思ってしまうほどだ。

「あ、エミリオ様！」

「サシャ？　どうしたの？」

僕が立ち上がって両親の寝室から出ると、たまたまなのか近くにいたサシャが駆け寄ってくる。

「それで、今日は行くのですか？」

「行くって……町に？」

「そうですよ！　アイネ様にまた会いに行くと約束されていましたので、行くのかな……と」

「うーん。どうしようか……」

僕は悩んでしまう。

本当は行きたい。アイネにも会いたいし、運動することもできるし、領主の息子として、バルトラン男爵領の町を知ることもできる。

ただ、僕一人で行くことは流石に許されていないし、誰かに付き添ってもらうのも相手の仕事を止めてしまうことになり申し訳ない。

僕がそんなことを思っていると、サシャは笑顔で言ってくる。

「私がお供しますよ？」

「え？　でも仕事は？」

「大丈夫です。なんとかします。チェルシーが」

「それ……良いの？」

「大丈夫です！　さっきもお皿を割って、チェルシーに大人しくしていてくれと言われたところですから！」

大丈夫に聞こえないいんだけど……

「……じゃあちょっとだけチェルシーに確認を取ってから、一緒に行ってくれる？」

「もちろんです！　せっかく町に行くなら、リンマ農園にも寄ってみましょうか、この時期のリンマの実は赤くてとても大きいので、正直それを見に行くだけでも価値があるんですよ！」

「そうなんだ。それは確かに気になるね。自分のところの特産品くらいは知っておきたいから」

「そうですか！　ではリンマの木ごと持ってきましょうか？　それならエミリオ様の部屋からで

も……」

「いやいや、これから一緒に見に行くんでしょ？　もしかして僕は入れないところにあるとか？」

元気があるのは良いことだけど、流石に無茶だろう。

「農園には簡単に入れますよ！　なにせ男爵様の所有地ですからね！」

「じゃあ良いかな。とりあえずアイネのところに行くってことで良い？」

「はい、問題ありません！」

僕はよそ行きの服に着替えて、チェルシーにサシャを連れて行って良いのか聞きに行く。

チェルシーに尋ねると、食い気味に返事をしてくれた。

「もちろんです！　むしろサシャの面倒をお願いします！」

その後、母さんからも外出の許可をもらい、僕達は屋敷を出た。

「それじゃあサシャ、行こうか」

「はい！」

僕達は二人でのんびりと歩き、町に向かった。その時にサシャを見ると、彼女はとても楽しそうにしていた。

「今日は町で何かあるの？」

「え？　どうしてですか？」

「なんだか、サシャが楽しそうだったからさ。何か楽しみなことでもあるのかなーと思って」

「そ、そんなに楽しそうでした？」

「うん。とっても」

「……実はそろそろ町でリンマの収穫祭《しゅうかくさい》があるんですよ。なので、それをちょっとでも見れたらいいなーと思いまして」

「収穫祭？」

「はい。この時期はリンマの旬ですから、それをお祝いしてのお祭りです。ただまぁ、町の皆さんは忙しいので、そこまで大規模なものではないですけど」

「そうなんだ。そのお祭りって何をするものなの？」

「えーっと……この時期限定の料理が振《ふ》る舞《ま》われたり、リンマの実の早もぎ対決があったりとかだった気がします」

「早もぎ対決……それって昔、兄さんが結構頑張ったって言ってたやつ？」

「そうですね。ロベルト様は身長も高いですし、身体能力も高いですから、かなり良い成績だったと記憶しています。今年も参加できたら良かったのですが……貴族としての仕事の方が大切ですからね。仕方ありません」

「うん！　兄さんは貴族に相応《ふさわ》しい行いを学ぶため中央に行ったんだもんね」

兄さんがいずれこのバルトラン男爵領のために頑張ってくれることは間違いない。

僕はそんな兄さんのことを誇らしく思う。

「ええ、そうですね。と、そろそろ着きますね。ん……？」

「どうかしたの？　サシャ」

「いえ……何か……町中でもめて……いえ、これは……」

「え？　もめ事？　仲裁《ちゅうさい》に行かないと！」

「あ！　いえ！　きっとそんな重大な話ではないです！」

僕が歩みを速めて町中に向かうと、そこでは、アイネと以前僕達に果物をくれた親父さんの一人が話していた。

「わたしだってやれるもん！　良いから連れてって！」

「アイネ……お前じゃ危ないって言ってるだろう？　父さんはこれから練習があるんだから、言うことも聞いてくれよ……」

「いや！　わたしも行くの！」

「むぅ……」

「あの……どうかしたんですか？」

僕はそんな二人に思わず口を挟んでしまった。

「あ、これはエミリオ様。それが、私はこれからリンマの早もぎ対決の練習に行かなくてはならないのですが、娘のアイネがそれに付いてきたいと言って聞かなくて……」

「だってだって！　わたしだってリンマをとりたいんだもん！　お父さんを手伝いたいの！」

「こう言っていて……」

アイネは顔を赤くして訴えている。僕はアイネのお父さんに向かって尋ねる。

「一緒にやってはいけないんですか？」

「リンマの木は幹が太く、背も高くて収穫は結構大変で……それに、我々大人が真剣にやるので、アイネの面倒を見ていられないんです」

「なるほど……それ、僕がアイネと一緒に収穫しても良いですか？」

「エミリオ様がですか⁉」

「うん。最近丁度良い、人を運べる魔法を使えるようになっているんだ。だから、僕も一緒に……やっても良いかな？」

「そりゃ……リンマの農園は男爵家のものですから大丈夫ですが……よろしいのですか？」

「アイネは良い？」

許可が出たので、僕はアイネに尋ねる。

「エミリオなら良いよ！　むしろ一緒にやりたい！」

アイネはそう言いながら僕の左手に抱き付いてくる。

アイネのお父さんは頭をかきながら溜息《ためいき》をついた。

「ふー、それなら……エミリオ様、お願いできますか？」

「任せてください！」

「ではこちらです」

彼はそう言って、僕達を案内してくれる。

農園は町の入り口から五分ほど歩いた場所にあり、来た道を戻ってしまう形だった。

リンマの農園は想像していたよりも広く、巨大な場所だった。

「すごい……これが……農園？」

視界の端から端まで、リンマの木がこれでもかと立ち並んでいる。木自体も大きく、高さは五メートル以上はあるだろうか、下の方にある実ですら僕だけでは決して届かない。そのリンマの木には、真っ赤でとても艶《つや》やかなリンマがたくさん実っている。

アイネのお父さんはじっと農園を見つめている僕に説明してくれる。

「これがバルトラン領自慢のリンマ農園です。そしてリンマの採り方ですが、普通は踏み台を使います」

アイネのお父さんはそう言って、近くにあった高さ五十センチメートルくらいの踏み台を出して、リンマの木の下に潜《もぐ》る。

「こうやって踏み台に乗ってリンマを採ります。そして、本来だったら背中に籠《かご》を背負《せお》っているので、そこに入れます。十対十で戦って、先に籠をいっぱいにしたチームの勝利です」

「なるほど」

僕は頷く。

「ですが、エミリオ様やアイネは勝負には参加されないので、ゆっくり採っていただいて問題ありません」

「分かりました」

「ただ……その……一応……どのような魔法か見せていただいてもよろしいでしょうか？　アイネはかなりおてんばなので……エミリオ様の魔法から抜け出してしまうかもしれませんし……」

お父さんの言葉に、アイネが元気よく反論する。

「そんなことないもん！　わたしはちゃんとしていられるもん！」

「アイネ、そう言ってこの前も、急に家から飛び出したことがあっただろう」

「む……大丈夫だもん」

「あはは……とりあえず見せますね」

僕は二人を止めるために、魔法を使用する。

作るのはいつもの氷の板。サシャも合わせて三人で乗れるくらいの大きさで作る必要があるはず。

しかも、どれだけ乱暴にしても壊れないほどに頑丈《がんじょう》にする必要もあるかな。

完成形を想像し、詠唱をする。

「氷よ、板と成り我が意に従え。『氷板操作《アイスボードコントロール》』」

僕は地面に、二メートル四方ほどの、厚く頑丈な氷の板を作り出した。

「わー！　これに乗って行くの!?」

「流石エミリオ様です。こんな一瞬でこれだけの魔法を使えるなんて」

アイネとサシャがそう言っているけれど、まだこれで終わりではない。

「二人とも、とりあえずこれに乗って」

「うん！」

「はい」

アイネは返事をする前から乗っていて、サシャも僕の言葉に従ってすぐに乗ってくれる。二人に続いて、僕も氷を踏みしめる。

僕はアイネが落ちないように、ここから更に魔法で工夫する。

「氷よ、板と成り我が意に従え。『氷板操作《アイスボードコントロール》』」

僕は新しく四枚の氷の板を作り出し、それらで僕達の周りを囲む。こうすることで、アイネが間違っても落ちないようにするのだ。

「これでこうやって……」

僕は、高いところにあるリンマの実を、アイネでも採れるように、氷で出来たその箱のようなものを浮かせる。

そうすると身長の関係で僕とサシャは少しかがまないといけないけれど、アイネがそれで喜んでくれるなら良いだろう。

彼女は僕達のことは気にせずに、楽し気にリンマを一つ採る。

「すごいすごい！　わたしもリンマとれた！　ね！　エミリオ！　一度下におろして！」

「良いよ」

僕は彼女の言う通りに降ろすと、彼女はそのリンマを持って父親のところに行く。

「はい！　お父さん！　とれたてあげる！」

「アイネ……」

「これでわたしもしゅうかくやってもいい⁉」

「ああ、だけどちょっと待っててな」

アイネのお父さんはそう言って近くの小屋に入り、籠を持ってくる。

「ではエミリオ様、収穫した実はこの籠に入れていってもらってもよろしいでしょうか？」

「分かった。採り終わったらどうしたら良いの？」

「その時は農園の入り口にいる者に籠を渡してください。それで収穫は完了ですので」

「はい。分かりました」

「ねぇねぇ！　早くとりに行こうよ！」

アイネのお父さんと話していると、アイネがそう急かしてくる。

「それではアイネをよろしくお願いいたします」

アイネのお父さんはそう言って僕達から離れ、他の木に向かって行く。

「よし、それじゃやっていこうか」

「うん！　アイネが一番良いのとるからね！」

「うん。頑張ろう」

僕はアイネにそう返事をして、今度は僕も氷に乗り込むと、高度を少しずつ上げていく。

先ほどと同じように、アイネが採りやすいように調整する。

「やった！　これでいっぱいとれる！　お父さんとお母さんに食べてもらうんだ！」

「アイネは優しいね」

「ありがとうエミリオ！　そうなの！　わたしはやさしいの！」

そう言ってアイネは、楽しそうにリンマの実を採って籠の中に入れている。

僕がそんな彼女を見ていると、サシャに声をかけられた。

「エミリオ様」

「サシャ、どうしたの？」

「アイネ様は私が見ておきますので、エミリオ様もリンマをお採りになってください」

「でも……」

「大丈夫です。何かあっても私がちゃんと助けますから」

サシャの声色には僕を安心させてくれるような心地好さがあった。

「本当に良いの？　というか、サシャもリンマを採らなくても大丈夫？」

「はい。私はもう何度かやっていますので。それに、私がやり始めたら、この辺りのリンマがなくなっちゃいますからね」

サシャはそうふざけるように言ってくる。多分、僕を安心させるために言ってくれているんだと思う。

でも、ここまで言ってくれるのなら、僕もリンマを採るべきだと思った。

「分かった、ありがとうサシャ」

「お気になさらずに」

僕はそれからアイネの側に近付いて、一緒にリンマを収穫していく。

「見て！　エミリオ！　このリンマとっても大きい！」

「ほんとだね。アイネの顔くらいあるんじゃない？」

「ええー！　そうかなー！」

「うん。あ、これみて、すっごく真っ赤だよ」

僕は近くにあった赤い実をもいでアイネに見せる。

「ほんとだ！　お父さんがお母さんに怒られている時くらい真っ赤ー！」

「そ、そうなんだ」

「うん！　怒られて泣きながらあやまってる時にそっくり！」

「それは……知りたくない情報だったかな」

あんなムキムキで強面《こわもて》の男が、日々尻に敷かれていると思うと少し悲しい。

「そうなのー？　あ、でもわたしはそんなことしないから！　エミリオにはやさしくしてあげるからね！」

「あ、ありがとう。楽しみにしてるよ」

「それじゃあこの大きいのはエミリオにあげるね！」

「うん。じゃあ僕のこの真っ赤なのはアイネにあげる」

僕達はお互いの実を交換する。

「ほんとー!?　やったー！　一生大事にするねー！」

「悪くなっちゃうからすぐに食べてほしいなぁ」

そんなことを話しながら、僕達はのんびりとリンマを収穫していく。

気が付くと、籠がいっぱいになるまで取っていた。

「わー！　いっぱいになってるー！」

「そうだね。アイネが頑張ってと採ってくれたおかげだよ」

「それもだけど、エミリオもいっぱいとってくれたからだよー！　・・・・・・・・・ふうふなかむつまじくできたかなー？」

「そんな言葉よく知ってるね。それじゃあ一回戻ろうか」

「うん！　戻るー！」

僕は氷の箱を操作して、農園の入り口に向かった。

僕達はリンマがいっぱいに詰まった籠を、入り口にいる人に渡す。

「おじいさん！　いっぱいとったよー！」

「おやおや、アイネちゃん……と、エミリオ様ですか？　それにサシャ様まで」

髪が白くなり始めた初老のおじいさんがそう言って頭を下げてきた。

「初めまして。籠はどこに置けば良いですか？」

「そんなそんな。わたくしが持って行きますので」

「え、でもそれは……」

「いえいえ、こんなことはわたくし共に任せてくだされればよろしいのです。こちらの方でお休みください」

そう言っておじいさんは近くにある小道を手で示した。

「え？　いえ、でもまだ収穫が……」

「そう言わずに、こちらでわたくし共のリンマ料理を一度召《め》し上がっていただけませんか？」

「リンマ料理……ですか？」

「はい。腕によりをかけて振る舞わせていただきます」

「でも……」

僕が窺《うかが》うようにサシャを見ると、彼女は笑顔で頷いていた。

次にアイネに目を向けると、口元のよだれを拭いていた。

「分かりました。よろしくお願いします」

僕はおじいさんに頭を下げる。

「はい！　ではこちらへ来ていただけますか」

彼はそう言って、先ほど示した道を歩き始めた。

僕は魔法を解除して、彼の後に続いて行く。

「あの、どこに行かれるのですか？」

「食事をするのであれば、やはり良い場所で食べていただきたいのです」

「良い場所？」

「ええ、時折男爵ご夫婦も来られますし、多くはありませんが、他領の貴族様を歓待《かんたい》する時にも使われる場所です」

「そんな場所があるのですか？」

「ええ、そうした貴族様からも評判が良いのですよ？　最近だと、ゴルーニ侯爵家の令嬢も来られたはずです」

「ヴィーが……」

僕は兄さんがヴィーと一緒に食事をしようとしていた場所のことかと納得した。

そんなことを話しながら十五分ほど歩くと、小高い丘の上に出た。

そこにはリンマの農園を見渡せる場所があり、テーブルやイスなどが置かれていた。

ここだったらとても楽しく食事ができると確信できる、素晴らしい景色だ。でも、テーブルやイスが置きっぱなし……雨ざらしになっているのだろうか？　そう思った僕の表情を読んだのか、老人が口を開く。

「家具は普段はあの小屋の中に仕舞ってあります。明日のお祭りのために準備してあるのですよ」

そう言って彼が指したのは、ここから少し下ったところにある古ぼけた小屋だった。

「あんなところに小屋が……」

「ええ、ほとんど物置になっておりますがね。ですが安心してください。調理はあちらで行います」

彼が視線を向けたのは、見晴らしの良い場所からほとんど離れていない場所だった。そこは新しく、立派な小屋が建っていた。

「あそこでわたくしは調理をしてきますので、こちらで少々お待ちください。ああ、時間が時間ですので、軽い物しか作れませんが、そこはご容赦《ようしゃ》ください」

彼がそう言って新しい小屋に入って行くのを見送った後、僕は二人と話す。

「料理を作ってくれるなんて、優しい人もいるんだね。でも……これはきっと……」

僕がバルトラン男爵家の人間だから、ということが確実にあるのだろう。そう思っていると、サシャが優しく微笑んでくれる。

「エミリオ様。もし……あのおじいさんに対して恩を感じ、それを返したいと思ったのなら、立派な貴族になるのが一番ですよ」

「立派な貴族……？」

「はい。アンナ様は常々言っておられます。貴族となるには時間がかかるのだと」

「母さんがそんなことを？」

初めて聞く情報に、僕は驚きを隠せない。

「はい。貴族家に生まれた者は、それに相応しい行いをする。それをするからこそ、貴族たる資格を持つのだと」

「資格……？」

「その資格とは、いざという時、民達からの助力を得られるか……ということです」

「助力を得られるか……？」

「そうです。貴族だからといって、いつも威張《いば》っていては、民達はすぐに愛想《あいそ》を尽《つ》かすでしょう。何か緊急事態が起きて、貴族が行動を起こした時に、民達は言うことを聞いてくれるのか？　場合によっては彼らが慣れ親しんだ家や畑を手放してくれるほど、信頼関係を結べているのか……ということです」

「それって、実際に起きてみないと分からないってこと？」

「そうです。資格と言いましたが、具体的にこうできたら、それで認められるというものではありません。その時になってみなければ答えは出ないのです。それでも、貴族の資格を得るべく、日々民達のために行動する、それが貴族なのだとアンナ様は仰《おっしゃ》っていました」

「僕にそんなことができるのかな……」

人に助けられ続けてきた僕が、他の人を助けることができるのだろうか。マスラン先生に習った回復魔法も、人にかけたのは片手で数えられる程度。そんな僕が、人を助けるなんて……

僕がそう思っていると、アイネが口を開く。

「なんで？　エミリオはわたしを助けてくれたよ？」

「アイネ……」

「だってそうでしょ？　迷って……どこなのか分からなくって……暗くって……人もいなくって……そんな時に手を差し伸べてくれたのはエミリオだよ！」

アイネは元気付けるように、笑顔で僕に言ってくれる。

サシャも彼女に続く。

「エミリオ様、アイネ様の言う通りです。それに、エミリオ様は今日、アイネ様の面倒を見ると言って一緒に収穫に参加してくださったではありませんか。人を助けるということは、大きなことばかりではありません。今回のように、小さくても、一人ずつ助けていく。それで良いのです」

「でも……僕は多くの人に助けてもらっているのに……」

「それが男爵領の良いところ……ともアンナ様は言っておられました。男爵領は小さいけれど、その代わり、民達とより密接に関われる。大事な……守るべき者達をよりこの目で見ることができる。そして、それができることが、バルトラン男爵の夫人としての誇りだ、と」

「誇り……」

「ええ、男爵という爵位は確かに大貴族からしたら、吹けば飛ぶような爵位です。でも、そんな爵位でも、長年守り続け、助け合ってきた。そのことがとても大切なものなのですよ」

「そっか……この……景色もそうなのかな」

僕はそう呟いて、眼下に広がるリンマ農園の景色を見つめ続ける。

そこに声をかけてきたのは、先ほど調理をしに行くと言っていたおじいさんだった。

「このリンマ農園は何代にもわたって開拓《かいたく》されてきたものです。わたくしが子供の頃から存在している。心のよりどころなのですよ」

そう話す彼の両手には、大きなお盆《ぼん》があった。その上にはこんがりとキツネ色に焼けた、細長いリンマパイが載っている。

「さて、焼きたてですので、どうぞお召し上がりください」

彼はそう言ってパイを切り分け、その中から三切れを差し出してくる。

「ありがとうございます。いただきます」

僕達はそれから、見晴らしの良い景色を見ながら美味しいリンマパイを食べた。

パイを食べ終わり、少しゆっくりした僕達は、リンマの収穫を再開することにした。

「ごちそうさまでした」

「ごちそうさまでした！」

僕とアイネはそう言っておじいさんに頭を下げる。

「いえいえ、何かあった時はいつでも頼ってくだされ。それでは」

彼はそう言って、再び小屋の中に戻って行った。

それを見送り終わると、僕達三人は再びリンマの農園に行く。

僕もアイネも採り方に慣れて、結構早く採れるようになっていた。

「三人で十籠分も採れたのですか⁉　流石エミリオ様です」

僕達が収穫した籠を見て、アイネのお父さんがとても驚いていた。

「そんなことないよ。アイネが頑張ってくれただけ」

「そうだよ！　わたし、がんばったんだから！」

「ははは、そうだな。すまんなアイネ。だが、これだけ早く収穫できるのであれば、早もぎ対決に参加しても良いのでは？　こちらのチームで参加してくださったらそれだけで勝てるかも……」

彼はそんなことを言っているけれど、急に参加するのは、前もって練習してきた人達に悪い。

「皆さん練習していたんですし、流石にそれは……」

「まぁ確かに……何を隠そう、私は今回もメンバーでしてね。負けるわけにはいかないんです」

「そうなんですか？」

「ええ、家の真向かいの奴らとの因縁《いんねん》の戦いなんですよ。だから絶対に負けられなくって……」

「へーじゃあ、仕事サボっても良いんだ？」

アイネのお父さんと話していると、彼の後ろから女性の声が聞こえた。

その声が聞こえた瞬間、彼の顔がサッと青ざめる。

「か、かあちゃん……」

ギギギ、という音が聞こえそうなほど、彼はゆっくりと振り返る。

そこには、顔は笑顔だけれど、背後には炎を背負っているようなイメージを与える、アイネに似た女性がいた。

「あ、お母さん！」

アイネはそう言って彼女に飛びつき、彼女もそれを受け入れる。それはアイネに修羅《しゅら》に変わった表情を見せないためだとすぐに僕は悟った。

アイネのお母さんの表情が、みるみるうちに修羅の形相《ぎょうそう》へと変わっていく。

「アンタ……なんで店がもう閉まってるんだい？」

「そ、それは……ちょっと……明日の練習をしたくって……」

「へぇ……仕事をサボるとどうなるか、体に教える必要があるみたいだね？」

「ま、待ってくれ！　これから徹夜で明日に備えた練習や作戦会議があるんだ！」

「そんなの聞けるわけないだろう!?　それにアイネの面倒はどうするつもりだい！　行くよ！」

「痛《い》てててて！　そんなに強く引っ張らないでくれ！」

アイネのお父さんは奥さんに耳を引っ張られ、残りたそうにしながら引きずられていく。

「じゃあまた明日ね！　エミリオ！　一緒に見るの！　約束だよ！」

アイネはそう言って、二人に付いて行ってしまった。

「う、うん。またね」

僕とサシャは呆然としながらそれを見送ることしかできなかった。

「アイネも将来あんなふうな奥さんになるのかなぁ……サシャ、どう思う？」

「それは……どうでしょうね」

彼らが見えなくなったところで、僕達は屋敷に戻った。

＊＊＊＊＊

翌日、僕はサシャと一緒に、町までお祭りに来ていた。母さんやチェルシーは先に出発していて、もう早もぎ対決の準備をしているはずだ。

「あ！　エミリオが来た！　こっちこっち！」

町の入り口に着くと、待っていてくれたのかアイネはそう言って手を振ってくれる。

「今行くよ」

僕は彼女に手を振り返して近付く。アイネの側には彼女の両親がいた。

「これはこれはエミリオ様」

「こんにちは。今日は早もぎ対決を一緒に見ても良いですか？」

「私達と一緒でよろしいのですか？　男爵家様方の席も用意されていて、アンナ様はそちらにおられるようですが……」

少し困った表情で、アイネのお父さんが返答してくれた。

「うん。僕はこっちで見たいんです。それに、昨日アイネと一緒に見るって約束もしたからね」

そんなことを話しながら、僕達は早もぎ対決の会場――リンマ農園に向かった。

会場には歩いて数分で到着した。

そこでは結構な数の人が、農園を仕切る柵の前で、試合が始まるのを今か今かと待っていた。

会場の広さは百メートル四方ほどで、今回のために誰も入れないようにされていた。そして、会場の両サイドにはそれぞれのチームの人達が十五、六人くらいずついて作戦会議か談笑をしている。

「私達のチームはこちらです」

僕達はアイネのお父さんに連れられて右側のチームの方に行った。そこにいるアイネのお父さんのチームメイトの顔色を窺って、僕は少しぎょっとした。

「あ……やっと来たか……」

「全く……昨日はサボりやがって……勝つ気あんのか……」

彼らは口々にアイネのお父さんに言うけれど、彼らはまるでゾンビのように顔色が悪く、動きもゆったりとしていた。

「お前ら……なんでそんな元気がないんだ？」

アイネのお父さんも不思議に思ったのか、彼らを心配するように尋ねる。

するとチームメイトのうち、二人が返答した。

「は……やる気しかねぇよ。俺達は昨日から一睡もせずに練習してたんだからな……」

「そうだぜ……今日は絶対に負けねぇ。その想いは昨日から変わってねぇよ……」

その答えを聞いたアイネのお父さんは、信じられないと思っているような表情をしつつ声をかける。

「だけど、おい……顔色が悪すぎんだろ」

そんなことを話していると、どこからか審判《しんぱん》らしき人が出てきて大声を出す。

「それでは！　試合は五分後に始めます！　試合に出る方以外はそろそろ会場から出てください！」

その言葉を聞いた数人が農園から出て行く。僕達もそろそろ出なくては。

しかし、アイネのお父さんのチームの様子も気になる。

「お前ら……そんなやベー体調で勝負ができると思ってんのか？」

いよいよ試合が始まるとなって、アイネのお父さんは焦ったようにチームメイトに尋ねる。

「問題ねぇ、俺達のやる気は誰よりも高い」

「そうだ。昨日からずっと……この気を高め合って……ぐぅ」

そう言っていたチームメイトの一人が、喋っている途中で気を失って倒れてしまう。

「おい!?　しっかりしろ！　大丈夫か!?」

アイネのお父さんは慌てて倒れた男に声をかける。

「ぐぅ……ぐぅ……」

倒れた彼は寝息を立てていた。

「大丈夫ですか⁉」

僕も慌てて駆け寄り、彼に対して回復魔法を使おうと……

ガシ。

「サシャ？」

しかし、サシャに肩を掴まれ止められた。

「エミリオ様。それはいけません」

「でも……あの人は……」

「彼はただの寝不足で眠っているだけです。必要ありません」

「でも……勝ちたいって想いは応援したいよ」

「それで片方に肩入れをするのですか？　それが、バルトラン家にとって正しい選択だと思っていらっしゃるのですか？」

サシャにそう言われて、僕は言葉に詰まってしまう。

「それは……」

「応援してあげたいというその気持ちは確かに素晴らしいです。でも、片方をひいきするのは……貴族としてはいただけませんよ」

「でも……」

「エミリオ様」

声をかけてくれたのは、アイネのお父さんだった。

彼の表情はとても優しく、諭《さと》すように話す。

「その気持ちだけで私達は嬉しいです。何をしてくれようとしたのかは分かりませんが、我々のためになることをしてくれようとしたのは分かります。ありがとうございます。でも、これは我々の落ち度です。だから、気にしないでください」

「アイネのお父さん……」

彼の優しい表情の奥には、固い決意があるようだった。

「さて、一人少ないが、それがなんだと言うのか。俺達は今日のために特訓をしてきたんだ。勝てるよなぁ！」

彼はチームメイトの方を向き、鼓舞するような言葉をかける。

「「おう！」」

彼らの顔色は悪く、立っているだけでもフラフラとしているのに、彼らの声は僕の腹の奥に響くほどに大きい。

「というわけです。エミリオ様、我々は我々の誇りのために戦って勝ちます。なので後ろで見ていてください」

そう言って、アイネのお父さん達は一人少ない人数で中央に向かう。

既に並んでいる相手チームは、元気があり余っているといった様子だ。

「エミリオ様。行きますよ」

「うん……」

僕達は柵の外に向かう。でも、サシャだけは動こうとしなかった。

「サシャ？　どうしたの？」

「エミリオ様。本日、少しだけ……私にお休みをいただけないでしょうか？」

「え……良いけど……どうして？」

サシャのお願いに僕は首を傾げる。

「こっちのチームの人数が足りていないみたいなので、臨時で参加しようかと」

「それって……良いの？」

さっき、サシャが言っていたことと、矛盾《むじゅん》するようだけど……

「私はあくまでメイドであって、貴族ではありませんから」

そう言うサシャの目は、いつもと違った、強い意志を感じた。

「サシャ……」

「と、いうわけですので、アンナ様とチェルシーへの説明は頼みましたよ！　特にチェルシーには本当に言ってくださいね!?」

「サシャ!?」

そう言って彼女は会場中央に走って行き、何食わぬ顔で列に並んだ。

「頑張って……サシャ……」

僕はどこか雰囲気の変わった彼女を応援する。

＊＊＊＊＊

私――サシャはエミリオ様に無理を言って、アイネのお父さんチームの一員として早もぎ対決に参加することにした。

それは、本当はいけないことかもしれない。

男爵家用の席にいるアンナ様の方に視線を送ると、彼女は仕方ないというように笑っていた。そのすぐ側にいるチェルシーはかなり怒りを堪えているようだ。

本当に後でエミリオ様にとりなしてもらわないと。そんなことを思いながら、私は列に並ぶ。

「え……アンタは……？」

審判が口を開く。

「私はサシャ。バルトラン男爵家に仕えるメイドです。こちらのチームのメンバーが一人体調不良で参加できなくなりましたので、その代理です」

「しかし代理で参加するのは相手チームの許可が……」

審判がそう言うが、私は相手チームに向かって言い放つ。

「私のような女が参加するのは怖いですか？」

こちらのチームも相手のチームも背が高く、体力には自信がありますと言わんばかりの連中だらけだ。だからこの挑発は効くはず。

そう思っていたら、今度は相手チームで最も筋肉が付いていて手強そうな男が口を開いた。

「はっ！　お嬢ちゃんが言うじゃねぇか。良いだろう、許してやるよ。どうせ、他のポンコツ共は徹夜で練習するとか頭の悪いことをしていたしな」

「……」

私は思わず、頭を抱えそうになる。

全く、徹夜でやるなんて……何を考えているんだか……と。

いや、今はそんなことは良い。このチームを勝たせることを考えなければ。

そう考えていると、審判が簡単なルール説明をし始める。

外にいる観客にも分かるようにかなり大声だ。

「ルールを説明する！　まずは一チーム十人ずつに分かれ、それぞれが自分の籠を背負う！　そして、先に十人全員の籠をいっぱいにしたチームの勝利とする！　ただし、相手への妨害《ぼうがい》行為などは認めない！　リンマは丁重に扱うように！　何か質問は⁉」

「仲間の籠にリンマを収穫し、入れても問題はありませんか？」

私は気になったことを聞く。

「問題ない！　むしろ早く終わった者から他の者を手伝うのがいつものことだ！　存分に手伝うと良い！」

「かしこまりました」

「両者他に質問はないな⁉」

どちらのチームも口を開かないことを確認した審判は、宣言をした。

「では、勝負開始！」

相手チームは即座に振り返ってそれぞれに走り出す。

最初から一人で一つの木を攻めるということが決まっていたのか、その足に迷いは一切ない。

それに比べて、こちら側は……

「まずいかも……」

私はこちらの状況を見て、溜息をつく。

アイネのお父さんは自ら一番遠くの木に向かっている。それは問題ない。でも、他の八人がフラフラとしているのだ。手に抱えている踏み台ですら重そうで、頼りないことこの上ない。

それでも私はエミリオ様に無理を言って出場した身、たとえ味方にハンデを抱えていても絶対に負けるわけにはいかない。

そう思っていると……

「うおおおおお！　流石巨人のドスンさん！　直もぎすげー！」

「うん？」

そんな歓声が聞こえたため私は相手の方を見る。

すると木の下に潜り、踏み台を使わずにリンマを採っている大男がいた。

彼は相手チームの中でも最も背が高かった人で、手足もそれに伴って長い。体が大きいからか、動きが少しゆっくりなのがまだ救いか。

「だとしても急がないとまずいか」

私は走り出し、すぐ近くにいるチームメイトの男と同じ木に潜る。

「な！　あんたなんでここに⁉　ここは俺がやるから他のところに……」

「いえ、手伝います」

まずはこの遅い味方をなんとか手助けするべきだろう。自分のは最後にやる方が、私の考えだと一番早い。

「な、何をする気だ⁉」

「良いから自分の分をやってください」

「わ、分かった……」

フラフラの男はそう言って踏み台に登ってリンマを採る。その際、踏み台はたくさんのリンマが一度に採れる位置に置いていたのは流石と言うべきか。

疲れて体はフラフラだけれど、踏み台を置く位置はしっかりと見極めているようだ。自身の身長、手の届く範囲、そしてリンマのなっている場所。それらを瞬時に判断し、的確に行動していた。

「悪くない」

私はそう言って、彼のこれからのやろうとしている行動を予測し、彼が手を付けないであろう場所に見当をつける。

少し見た後に、彼の邪魔にならないように少し下がってから再び走り、跳《と》ぶ。

「なんだあのメイドは⁉」

「三メートル近く跳んでいるぞ⁉」

観客のそんな声が聞こえる。

これでも昔色々とあったのだ。これくらいの身のこなしならなんとかなる。

私は、リンマの実を数個まとめて採った。

そして、そのまま降りてくる勢いを殺すことなく走り、木の下でリンマを採っている男の籠に投げ入れていく。ドササ！と音を立てて、リンマの実が男の背負う籠の中に入る。

「え？　なんだ⁉　何が起きた⁉」

「私が手伝って入れていきます！　ある程度までは手伝うので、そのまま続けてください！」

「なんだって⁉　いや、分かった！　助かる！」

私はまた跳んで、リンマを数個集め、彼の籠に投げ入れる。

それを繰り返していると、あっという間に彼の籠の容量は七割に到達《とうたつ》した。

「私は他の人を助けに行きます！　あとは任せました！」

「助かった！　これなら勝てるかもしれないぜ！」

「ええ、勝ちましょう！」

私は体を低くして走りながら、どの木により多くの実がなっているのか、そして、採っている人で動きが鈍《にぶ》い人は誰か、ということを判断する。そして、勝つために最適な人のところに向かう。

その後先ほどと同じように説明をして、その人の籠にリンマの実を投げ込んでいく。

「なんだあのメイドの動きは⁉」

「まるで天使が舞っているみたいだ！」

また、観客のそんな声が聞こえた。私のことを天使だなんて……ありえない。こんな私が……天使……悪い冗談だとすら思う。

「いえ、そんなことは気にしていられないのに……いけませんね。少し、緩みすぎているかもしれません」

私は気を引き締め直し、先ほどの木に向かって跳ぶ感覚を思い出して行動する。自然と顔は無表情になり、淡々とやるべきことをこなす道具のようになる。

そんなことをやっていると、四人分の手助けが終わった。周囲を見回し、次は誰の手伝いに向かおうか見ているところで、歓声が上がる。

「おーっと！　ここでドスンが終わったぁ！　誰の手助けもなく一人で終わらせた！　しかももう他の人の手伝いに向かっているぞ！」

「早い……」

やはりというかなんというか、身長が高いというのは相当なメリットであるらしい。しかも、相手チームは皆かなり元気なままだ。

あくまで目算ではあるが、こちらの収穫量はまだ全体の半分程度なのに、相手は七割を越えている。

「流石にこれは……」

負けてしまう。それなら、これ以上力を出さない方が良いのではないか。出したところで勝てないなら、やる意味は……ない。

そんなふうに思って、走る速度を落とした私の耳に、声援が飛び込んでくる。

「サシャ！　頑張ってー！」

「エミリオ様……」

声がした方を見ると、そこにはエミリオ様――主《あるじ》の息子がいた。

彼はまだ筋肉痛で体を動かすのも辛いはずだろうに、声を張り上げて応援をしてくれた。それも、私のためだけに。

「これは……私も頑張らなければいけませんかね！」

私は再び全身に力を込め、先ほどよりも圧倒的に速い速度で籠にリンマを入れていく。当然、実を大切に扱わなければならないことも考えている。

「うお！」

「なんだあれ⁉」

「み、見えないぞ⁉」

観客のそんな声の聞こえる中、私は徐々に差が詰まっていることを実感していた。相手よりも、こちらの収穫量が増える速度の方が速い。これなら、ギリギリで勝てるかもしれない！

「俺は終わったぞ！」

「お、俺もだ！」

こちらのチームメイトからの収穫が終わったとの報告が聞こえ、観客達の歓声がヒートアップしていく。

「おお！　どっちが勝つんだ⁉」

「あのメイドやばいぞ⁉」

「ドスンのチームはどれくらいだ⁉」

「後二人だってよ」

観客のそんな会話が聞こえる。

こちらの終わっていない人数を確認すると、後三人残っていた。

間に合うのか……いや、間に合わせる！

私は走り続け、リンマを味方の籠に放り込んでいく。

そうしてすぐに一人の籠をいっぱいにした。

「ドスンのチームも一人終わった！」

観客の声で戦況を知る。

残る二人のうち、どちらを助けに行くか。私がそう思った時に、味方から声が上がる。

「俺も終わった！」

「よし！」

私はそう言って気合を入れ、最後の一人のところに向かって走り、籠にリンマを入れていく。

「どっちが先だ⁉」

またも観客の声が聞こえる。だが私は、相手の方を見る余裕もないくらい集中し、近くのリンマを採って片っ端から放り込んでいく。そして、それが満杯になった瞬間、相手の方を見る。

「やった！　勝った！」

相手はまだリンマを詰めていて、これで私達の勝ちだ！と思ったけれど、審判のコールはない。

なぜ？　そう思っているところに、こっちに近付いてきていたアイネのお父さんが口を開く。

「お、おい。嬢ちゃん。嬢ちゃんの分の籠はどうした？」

「あ……」

私の籠には、リンマが一つも入っていなかった。

審判の容赦《ようしゃ》ない声が響く。

「試合終了ー！　ドスンチームの勝利です！」

＊＊＊＊＊

試合が終了し、サシャが肩を落としながら帰ってくる。

「サシャ。お疲れ様。かっこ良かったよ」

「いえ……でも……申し訳ありませんでした……結局勝てず……」

「ううん。そんなことない。サシャが頑張ってくれたのは知っているから。全力を尽くしてくれたんでしょう？　なら、しょうがないよ」

「エミリオ様……」

「だから気にしないで、むしろ……」

あんなに動けるのはどうして……？

そう聞こうとして、母さんに呼ばれていることを思い出した。

「どうされました？」

「ううん。なんでもない。行こ、母さんに呼ばれているんだ」

「アンナ様が？」

「うん。サシャを連れて急いでこの前の高台に来いだって」

「かしこまりました」

「それと、アイネ、お父さんのことだけれど、今日は残念だったね。でも、来年は勝てると良いね」

僕は一緒に応援していたアイネに別れを告げる。

「うん！　エミリオもありがとう！　次は一緒に参加しようね！」

「それは……できるかなぁ」

「大丈夫！　わたし達なら二人でも勝てるから！」

「あはは、ありがとう」

すると、アイネのお母さんが彼女の手を引く。

「アイネ。エミリオ様は用事があるの。一緒にお父さんのところに行きましょう？」

「分かったー！」

アイネは彼女の母に連れられて、農園の中に入って行った。

僕はサシャと一緒に、母さんが待つ場所に行った。

母さんは男爵の名代《みょうだい》として一段高い席に座っていた。その後ろではチェルシーが、サシャに意味深な視線を送っている。

「母さん。どうしたの？」

「お祭りは楽しかったですか？」

「うん！　初めて見るものばっかりで……僕の……ううん、父さんや母さんが守っている場所はこんなにも良い場所だったんだって……そう知ることができたよ」

「そうですか、それは、嬉しい言葉ですね。我々男爵家は……貴族とは名ばかりの、少ない土地しか持っていません」

母さんは僕と、眼下の農園を交互に見つめながら語る。

「それでも、我々はその小さな土地を大事に守り、次の代へ繋いできました。それが我々の誇りです。それを守れるように、あなたも立派な貴族にならなければなりませんよ」

「うん！」

僕は母さんの言葉に頷くと同時に、サシャや町の人に対してこうも思った。

彼女達は僕がバルトラン家の人間だからよくしてくれる。町の人達の行動も、絶対にそれだと思う。

僕はずっと……ずっともらってばかりだった。病を患《わずら》って生まれた時からずっと……ずっと……

こうやって町に出ても、助けてもらっている。

だから、僕にできることは、そうしてもらえるのに相応しい立派な人間に……いや、貴族になることだ。

サシャだって、僕がアイネのお父さん達に頑張ってほしい、そう思ったから代わりに出てくれたんだ。そんな彼らの気持ちに報《むく》いるために、僕は立派な貴族になりたい。

僕は……少しだけやりたいことを見つけたかもしれない。

そんなことを思っていると、チェルシーが口を開いた。

「それと、サシャ？　あれだけ動けるんなら洗濯物とか……もっと持ってくれるんですよね？」

「エ、エミリオ様……」

チェルシーの責めるような言葉を受けて、サシャは僕に助けを求める。

「サシャ、サシャならできるって僕……知ってるから」

「そんなぁ!?」

「冗談だよ」

驚いた顔をするサシャにそう軽く言ってから、サシャをフォローするようにチェルシーに向かって語りかける。

「チェルシー、僕にできそうなことがあったら言って。僕も色んなことにチャレンジしてみたいんだ」

僕にできることはしたい。そうやって……小さなことでもいいから貴族としてやれることをやる。そういうことを積み重ねていけば、立派な貴族に近付けるんじゃないだろうか。

そう思っていると、母さんが僕に向かって話す。

「エミリオ。これからの予定はありますか？」

「これからの予定？」

「そうです。この祭りが終わった後は、後夜祭があるのですよ」

「後夜祭？」

「はい。この後に町に行き、みんなで火を囲みながら飲んだり食べたりするんです。楽しいですよ？　リーネもいつも満腹まで食べていますし、ロベルトも町の人達と交流を欠かしていませんでしたからね」

「兄さんが……うん！　分かった！　僕も参加したい！」

「ええ、ではそのようにしましょう」

それから僕達は、アップトペルの町の中心部に向かう。

馬車は父さん達が乗って行ってしまっているので、徒歩で行くことになった。

その道中、サシャがチェルシーのことをすごく気にしていたのが気になった。やはり、チェルシー怒られるかどうかを心配しているらしい。そんなに心当たりがあるんだろうか。

彼女はチラチラとチェルシーを見るけれど、チェルシーは仕事モードに入っていて集中しているのか、サシャを見ることはなかった。

「それにしてもサシャの運動能力はすごかったね。昔は何かやっていたの？」

移動している最中は暇なので、僕は適当にサシャに話しかける。

「あーそれなんですが……別に、特にやっていなかったというか……ええ、はい」

「どういうこと？」

答えになっていない回答をもらって僕は首を傾げる。

困ったようなサシャの代わりに、母さんが答えてくれた。

「サシャは昔、孤児《こじ》だったんですよ」

「孤児？」

「ええ、私がエミリオを妊娠《にんしん》している時だったかしらね。幼い彼女がフラフラとどこからともなく屋敷の前に現れたの」

「ええ!?　現れたってなにそれ？　サシャって妖精《ようせい》だったりするの？」

「うふふ、そうかもしれないわね。一応、彼女の親を探したりしたんだけれど、見つからなかったの。それで、家でメイドとして引き取ることにしたのよ」

「そんなことがあったんだ。サシャは小さい頃のこととか何も覚えていないの？」

僕は世間話のつもりで何気なく聞いた。でもサシャは少し悲しそうな顔をした。

「申し訳ありません。何も覚えていないんです」

「そっか……ごめんね、サシャ」

「あ！　い、いえ、そんな謝る必要なんてないんですよ！　別に思い出したい記憶じゃ……あと、今は楽しんでいますから！　別に過去なんてなくても困りません！」

サシャはそう言って気にしていないふうを装ってくれる。

僕がここで彼女に謝ってもきっと更に気を遣《つか》わせるだけ。それはしたくない。

だから僕は、彼女の言葉をそのまま受け取ることにした。

「そっか。そうだよね。それじゃあサシャはこれからやりたいこととかないの？」

「そうですねぇ……特にないです！」

「本当に？」

「はい。私は今でも十分に幸せなので！　と、そろそろ着きますよ！」

サシャに言われて前の方を見ると、町の入り口が見えた。

そこでは、多くの人達が忙しそうに動き回っている。しかも怒号のような声も聞こえてきた。

「何かあったのかしら……」

母さんは少し眉間《みけん》にしわを寄せて、町の方を窺っている。

「私が確認してきますね！」

「お願い」

「はい！」

サシャは母さんにそう言うと、シュタタタと駆け足で彼らに近付き、話を聞いていた。

少しすると、向かった時と同じ速度で戻ってきた。

「どうだった?」

「それが、少しまずいことになっているみたいで……」

「まずいこと？」

「はい。今年、後夜祭用に発注した道具がかなりの重さらしく、力を合わせても動かせないそうです」

「そんな大きな物だったかしら……？　とりあえず行ってみましょう」

母さんの指示に従って、僕達はせわしなく動く人達に近付いて行く。

そしてサシャの案内する方に向かうと、遠くからでも分かるほどに大きな丸太が十数本積まれていた。

どうやって持ってきたのか、そう聞きたくなるほどの大きさで、直径がリーナの身長――一メートル三十センチくらいはある。長さも十メートルは確実に超えているだろう。

そんな大きな丸太が十数本も置いてあるのだ。それは誰も動かせないに違いない。

「なんであんな物が……」

僕の口からは思わず言葉が溢《こぼ》れる。その言葉に返してくれたのは母さんだった。

「いえ……旦那様と今年の後夜祭は豪勢《ごうせい》にしたいね、と話していたので、それで……ちょっと奮発《ふんぱつ》を……町をもっと明るくするために、巨大な焚《た》き火《び》を囲んで語らう場を作りたくて……」

「母さんと父さんが用意したの!?」

僕が驚いて母さんを見ると、母さんは少し恥ずかしそうに答えてくれた。

「ヴィクトリア様が男爵領に来る……という話があった時に、いつもより豪勢な後夜祭にして、町民達だけでなく、ヴィクトリア様にも楽しんでもらいたい、ということを考えて、一番大きな物を発注してしまったのです」

母さんはそう言ってしょんぼりとする。

「そういうこと……」

僕はそれを責める気持ちにはなれなかった。

だって、母さんと父さんはヴィーや町の人達を楽しませるためにやろうとしたのだ。今ちょっと困っているとしても、その気持ちは間違っていない。でも、こんなに大きな物は……

「こういう時こそサシャの出番ですね」

「え!?」

そう言ってサラリとサシャに仕事を振ったのはチェルシーだった。

流石のサシャもここで振られるとは思っていなかったのか驚いている。

「サシャほどの力持ちであれば、簡単なのでは？」

「いや……チェルシー……私がどう頑張ってもあれは持ち上がらないですよ……」

「サシャ。あなたなら行けます。自分を信じて！」

「できることとできないことがありますよ!?」

チェルシーはそう言っているが、流石に無茶振りだろう。

「でも、あのまま放っておくことはできないでしょう？」

「そうですけど……」

サシャは悩んでいるようだ。先ほどの早もぎ対決では、彼女は僕の力になってくれた。

僕も彼女に、何か返したい。

それだけじゃない。僕も町の人達の力になりたい。

アイネとやったリンマの収穫はとても楽しかったし、買い物の際にたくさんおまけをしてくれたり、リンマパイを焼いてくれたり、あんなに歓迎してもらって、そのままにすることなんてできない。

「母さん。僕の魔法で運べないかな？」

「何を言っているのですかエミリオ？　そんなことをしたら……」

「言いたいことは分かるよ。でも、もう人の前で使っちゃったんだ。それに、回復魔法じゃない普通の魔法でもダメかな？」

「エミリオはそれで良いのですか？　多くの人に魔法が使えることが知れ渡れば、良くないことが起こるかもしれませんよ？」

母さんの心配はもっともだ。だけど、困っている人を見捨てることはできない。

黙ったままの母さんに、僕は更に畳みかける。

「母さん。僕も……僕もバルトラン男爵家の人間として、少しでも町の人達の力になりたい。だから……ダメかな？」

「エミリオ……分かりました。よろしくお願いします」

「うん！」

「でも、いくらエミリオの魔法でも、あれは持ち上がらないんじゃ……」

「それは……」

先ほどリンマの早もぎ対決で勝利したドスンさん達が、顔を真っ赤にして丸太を持ち上げようとしている。けれど、大男十人がかりでもびくともしていない。

僕は自信満々に言ったけれど、そう問われると少し不安になる。他の人の力になれると思って、躊躇《ためら》わずにやると言ってしまった。

「やってみる！　もし失敗したら……サシャ。お願い」

「わ、わわ、私ですか⁉　さっきは流せたと思ったのに⁉　が、頑張ります！　でも、できればエミリオ様に全部運んでいただきたいです……」

「うん！　頑張ってみるね！」

僕が答えると、サシャは動かなくなり、彼女にチェルシーが近付く。そして、囁《ささや》くように話す。

「雇い主に仕事を押し付ける。とても素晴らしいメイドですね？」

「えぇ……でも、流石にあれは……」

「なんて、冗談ですよ。エミリオ様。よろしくお願いいたします」

チェルシーがそう言って僕に頭を下げてくる。ここまでされたのだから、できる限りの力を尽くそうと思う。

「うん！　行ってくる！」

僕は彼らにそう言い残し、丸太の方に向かって行く。そして、どんな魔法を使ったら良いかを考え始めた。

「魔法で移動させるにしても……どうやるのが良いかな……」

『水生成《クリエイト・ウォーター》』だと……水圧で押せるかもしれないけれど、町中びちゃびちゃになる。そんな中で祭りは開けないし、あの丸太は焚き火にすると聞いた。水をぶつけたら湿気《しけ》ってしまうので、それはなし。

『水玉生成操作《アクアボールコントロール》』はやっぱり濡れるし、そもそもそこまで威力がないので一番なし。

『氷玉生成操作《アイスボールコントロール》』は……結構良いかもしれない。百個くらい出して、それで持ち上げてやればいけそうな気がする。でも、そんなにたくさん作って全部同時に操作できるだろうか。安定性に不安が残る。この案は保留だ。

『氷板操作《アイスボードコントロール》』でなら、板を大きく、硬く作って持ち上げるということができるのではないだろうか？　先日も僕とアイネ、それにサシャの三人を乗せてもびくともしなかったし、ちゃんとしたものを作ればいける気がする。

よし、これでやってみよう。

僕は両目を閉じて、硬く大きな氷の板を二枚想像する。目の前の丸太を持ち上げても壊れない、むしろ、軽々と持ち上げられるような頑丈な板だ。

いける。そう確信した時に、詠唱をした。

「氷よ、板と成り我が意に従え。『氷板操作《アイスボードコントロール》』」

僕の魔力が吸われ、空中に大きな長方形の氷の板が二枚完成した。

長さは十メートルほど、横幅は二メートルで、厚さは一メートルくらいの超大型の物だ。

「あれはなんだ！」

「なんだなんだ⁉　魔法か⁉」

町の人達は口々にそう言って、僕が作った氷の板を見つめている。

僕は説明するために彼らに近付く。

「この丸太の移動は僕に任せてくれないかな？」

「エミリオ様⁉　しかしエミリオ様にやっていただくわけには……」

「大丈夫！　僕に任せて！」

「そ、それでは……」

僕がそこまで言うと、彼らは丸太から離れてくれた。

僕は氷の板で谷を作る感じで一本の丸太を挟む。そして、そのままゆっくりと持ち上げて、落ちないように氷の板を合体させた。

「おお……流石エミリオ様……」

「すごい……俺達じゃ持ち上げられなかったのに……」

感嘆の声を上げる町の人々に、僕は質問を投げかける。

「これはどこに運べば良いの？」

「ご案内します！」

町の人達に案内されたのは、広さ三十メートル四方はある広場だった。

僕はその広場の真ん中に、組み上げるようにして丸太を置いていく。最初は氷の板のコントロールに中々苦労したけれど、何回かやっている間に簡単にできるようになっていた。何事も慣れかもしれない。

全ての丸太を組み上げ終えると、町の人達が嬉しそうに話しかけてきた。

「ありがとうございますエミリオ様！　エミリオ様がいなかったら絶対に運べていませんでした！」

「実はもう諦めて、時間がかかっても良いから切り分けて行こうと話していたところだったんです。助かりました」

「ううん。気にしないで。僕も……みんなのためにできることをしただけだから」

これは僕の本心。ただされるだけじゃない。僕も……彼らのためになることをしたい。

「エミリオ様……あなたがバルトラン男爵家に生まれてくださって良かったと本当に思います」

そのようなことを言われて、僕はとても嬉しかった。


その後、後からやって来た母さんの指示に従って、町の皆は黙々《もくもく》と準備を進めていた。

僕はこれ以上特にすることはなく、皆が頑張っているのを見ていた。時刻は結構遅くなり、夕日が僕達を真っ赤に照らしている。

そこに、母さんが近付いてきた。

「エミリオ」

「母さん。どうしたの？　指示を出さないといけないんじゃなかった？」

「それはもうほとんど終わりました。それでは、一緒に行きますよ」

「行く？」

「ええ、こちらです」

僕は母さんに付いて行くと、五メートルはあろうかという長いテーブルがあり、その上には今まで見たこともないくらい豪華《ごうか》な食事が並んでいた。

「これは……」

「ふふ、今回の後夜祭、あの丸太もすごかったけれど、本命はこっちなんです」

「本命？」

「ええ、食事も豪勢にしたいと思いましてね。正直、こんなにいるのかなとは思っていたんですが、ミノタウロスで恐怖を感じた民達を癒すにはやはりこれかな……と」

母さんはそう言って、嬉しそうにテーブルの上の食事や町の人達のことを見ていた。

きっと……色々と大変だったはずだ。ヴィー達が来て、その対応や歓迎の準備をしつつも、ちゃんと町のみんなのことを考えていたんだ。

僕はそんな母さんのことを誇りに思う。

「すごいね。きっと……みんな喜んでくれるよ」

「ええ、そうだと嬉しいのですが」

そう答える母さんはの横顔は、とても優しさで溢《あふ》れていた。

＊＊＊＊＊

後夜祭の翌日。僕は自室で少し考え事をしていた。

「うーん。どうしようかな……」

考えている内容は新しい魔法についてだ。

それを使うかどうかは別にして、覚えておくことは無駄にはならないような気がする。

「そうだよね。なら、行くところは一つだ」

僕はいつもの服に着替えてあの部屋を目指す。そこにはすぐに到着し、部屋をノックする。

コンコン。

「どうぞ」

そう言われたので、僕はドアを開けて部屋に入る。

「母さん。新しい魔法を教えてほしい」

「エミリオ……入ってくるなりいきなりですね」

その部屋とは、母さんが仕事をしている執務室だ。

母さんは執務席に座って仕事をしながら、部屋に入ってきた僕の方を見る。

「うん。だって、この前教えてもらった『氷板操作《アイスボードコントロール》』は覚えたし、丸太も持ち上げられたんだからある程度は大丈夫かなって」

「それは……そうですが……新しい魔法……うぅん」

「どうかしたの？　母さん」

母さんが何やら深刻そうに悩んでいる。

「い、いえ、別に教える魔法がないとかではなく……忙しいのです。ええ、私は後夜祭の後始末で忙しいんですよ」

「そっか……ごめんなさい」

僕は母さんに謝る。仕事をしていることを知っていたはずなのに、関係なく教えてもらおうとするのは少し浮かれていたと反省した。

すると、母さんは慌てたように立ち上がった。

「エ、エミリオ。別に良いのですよ。新しい魔法を覚えたい、その想いはとても素晴らしい。ですが……ああそうだ！　エミリオ、ヴィクトリア様にいただいた本は読みましたか？」

「ううん。母さんに教えてもらった魔法をやることに集中していたから、あんまり読めていない」

「そうですか。確かあの中に水魔法の本があったはずです。それを読んで新しい魔法を習得してみるのはいかがでしょうか？」

「水魔法の本？」

「ええ、魔法の習得方法が書かれた本のことを魔導書《まどうしょ》と呼びます。ヴィクトリア様はそれを送ってくださったはずですが……」

「探してみる！」

「あ、エミリオ⁉」

「ありがとう母さん！　あとは一人でやってみせる！」

僕は母さんにそう言い残して自分の部屋に帰った。

「この中にあるんだよね……」

僕は部屋に積んである二十冊の本のタイトルを一つ一つ読んでいき、目当ての本を見つけた。一番薄い本でそのタイトルは『水魔法、水の霧《きり》を使おう』というものだった。

「水の霧……？　霧って水だと思ってたけど……他の種類とかあるのかな？」

そんなことを気にしながら本を読み始める。

でも、全てを読むのに一時間もかからなかった。主な内容は詠唱などと一緒に、『とにかく霧を想像せよ。できないなら雲を想像せよ』ということが書いてあった。

「霧とか雲を想像するだけでできるなら、最初からこの本なんて買わない気がするんだけど……」

そうは言っても魔法は想像することが大切だから、ここに書かれていることは間違っていない。

とにかく、魔法を覚えて色々な使い方をしてみたい。

だからまずは練習してみよう。

僕は霧を想像し、頭の中でそれが僕の周囲を取り囲む姿を作り出す。そして、詠唱を始める。

「水の粒は集まり全てを覆う。『水の霧《アクアフォッグ》』」

詠唱を終えると、僕の周囲に白い霧が立ち込めていく。そしてそれはドンドンと広がり続け、部屋を真っ白にしてしまった。

もし初めての土地でこの霧に包まれたら絶対に迷う自信がある。それほどに濃く深い霧ができる。

「ちょ、ちょっとこれは⁉」

流石にまずいと思って魔力を切るけれど、白い霧は残ったままだった。

このままずっと残られるのは問題だ。

「でもこれ……どうしたら……いや、霧なら、風で動かせるのかな？」

そう考えて、僕は最近使い倒している魔法を詠唱する。

「氷よ、板と成り我が意に従え。『氷板操作《アイスボードコントロール》』」

あまり大きくない氷の板を作り出し、それを扇子《せんす》のようにあおいで風を作る。風の向かう先は当然窓だ。基本的に窓を開けっ放しにしておいて良かった。

風で追い払ったらいつもの自分の部屋が見えてくる。でも、一つ問題があった。

「部屋が濡れてる……」

霧のせいか、家具やベッドが少し湿っているのだ。

「これは……使いどころをしっかりと考えないといけないな……」

部屋は濡れてしまったけれど、こういう使いにくい魔法もあることが知れて良かった。

それに、こういう魔法にもどこかで使いどころがあるかもしれない。まぁ……ほとんどないだろうと思うけど……

第二章

アップトペルの祭りに行ってから三日後。僕は部屋の中で魔法の練習をしていた。

「ん？」

すると、屋敷の前が少し騒がしい。

僕は魔法の練習をやめて、部屋の外に出てみることにした。何かあれば僕の魔法で手伝えるかもしれない。

「あれは……？」

玄関まで来ると、門の外には馬が十頭もいて、その側には見たこともない鎧を着た騎士が八人もいるのが見えた。

「誰だろう……」

近付こうかどうか迷っていると、後ろから声をかけられる。

「エミリオ様！」

「チェルシー。どうしたの？」

「奥様がお呼びです！　大至急執務室にお願いします！」

彼女はそう言って、すぐに一人でどこかに走り去ってしまった。

顔には汗をかいていたようだし、声も焦っていたように思う。

「とりあえず行こうか」

母さんが仕事をする父さんの執務室に入る。

「母さん。入るよ」

「エミリオ……よく来てくれたわね」

母さんは父さんのイスに座りながら、僕の顔を見て安堵《あんど》の表情を浮かべた。

よっぽどなことがあったのだろう。

「どうしたの？　玄関に見たこともない人達がいたけれど……」

「エミリオ。あなた、カヴァレ辺境伯《へんきょうはく》は知ってる？」

「カヴァレ辺境伯……って強い騎馬隊《きばたい》を持っているっていうことで有名な人だよね？　あとは……

義理堅《ぎりがた》いとも聞いたことがあった気がするけど……」

「ノモスに聞いたのね？」

「うん。でも、この家とは関わり合いがないんだよね？　それがどうしたの？」

「そこの長女の方が来ているわ」

「え……なんで？」

「エミリオ。あなたに会いに来たそうよ」

「僕に……？」

意味が分からない。

カヴァレ辺境伯なんて、ノモスから名前を聞いたことしかない。

「やっぱり何も知らないのね？」

「うん。知らない」

「そう……」

僕の答えを聞いて、母さんは頬に手を当てて考え込んでしまった。

「母さん、来た理由についてては聞いてないの？」

「それが……ただ、あなたに会いに、馬に乗って急いでやって来た……とだけ」

「それは……」

どういうことだろうか。

しかし、その理由を母さんと話したけれど、答えは出なかった。

結局、僕が会いに行くしかない、という結論になった。ここで仮病《けびょう》を使って、元気になるまで待つ、と言われたら困る。

僕と母さんは彼らがいる客室に向かった。


「失礼します」

母さんが中に入り、僕もその後ろから続く。そして、二人揃ってソファに腰かける。

部屋の中ではチェルシーがかなりビクビクしながら応対をしていた。彼女は僕達が現れたのに救われたような顔をした。

「チェルシー、後ろに控えていなさい」

「はい」

チェルシーは僕達が座るソファの後ろにそっと立つ。僕達の目の前には一人のフードを深く被った女性が座っており、その後ろに浅黒い肌の、眼帯を着けて鎧を着た騎士がいた。

彼はじっと僕達を見ている。体は鎧の上からでも筋肉が分かるくらいにがっしりとしていて、腰に提《さ》げた剣は何かをまとっているような雰囲気があった。

「あなたがエミリオ殿ですか？」

目の前の女性がそう声を出した。とても力強いが、どことなく陰を感じさせる。

「はい。僕がエミリオですが……」

「私はカヴァレ辺境伯家の長女、フィーネと申します。あなたにお願いがあります」

「お願い？」

「はい、これを……」

そう言って女性はフードを取る。

彼女は金髪碧眼《きんぱつへきがん》で、とても凛々《りり》しくて美しい。

けれど、その美しさを台無しにするように、左顎《あご》から左目にかけて深い切り傷が残っていた。

「それは……」

「少し前に事故がありまして、それでこんな怪我を負ってしまいました」

「それは……残念です……」

「私はこの傷のせいで婚約も破棄《はき》され、近付いてくる男は全てカヴァレ辺境伯の力が目当ての者ばかり。良い方はこの傷を見て離れて行くのです」

「はぁ……」

それは確かに悲しいことだとは思うし、なんとかはしてあげたいとは思う。

でも、僕はマスラン先生や、ヴィーに回復魔法を使うことを止められている。それを破ることなどできない。

「ですので、優れた回復術師であるエミリオ殿に治療していただけないかと思い、伺わせていただいたのです」

「……」

「……」

僕と母さんは言葉を失って、お互いに見つめ合うしかなかった。

どこから情報が漏《も》れたのだろうか？

僕が屋敷の外で回復魔法を使ったことは二回だけ……兄さんに使った時と、アイネに使った時。

もしかして……アイネが？　いや違う。流石にそれはない。

アイネが話したとしても、辺境伯の領地からここまで来るには早すぎるし、平民の……それも子供の言葉を聞いてくるなんて馬鹿げている。あるわけがない。ではなぜ……？

そう思っていると、フィーネさんが口を開く。

「これは……まずかったでしょうか？」

何も言えない僕の代わりに、母さんが言葉を引き継いでくれた。

「ちなみに……そのお話はどこで？」

「あ、失礼しました。ロベルト様が教えてくださったのです。エミリオ殿なら……もしかしたら治せるかもしれない……と」

「ロベルトが……」

母さんがそう漏らす。

兄さんが彼女に話した？　どうして？　なんで？

頭の中を疑問符《ぎもんふ》が駆け巡るが、兄さんはここから一週間はかかる場所にいる。すぐに聞けるわけもない。

なんと言おうか迷っていたら、母さんが頭を下げる。

「申し訳ありません。エミリオはそのようなことはできません」

「え……では、ロベルト様は嘘をついた……と？」

「……はい。エミリオは一年ほど前まで、ずっと病に臥《ふ》せ、ベッドから動けませんでした。それに、今でも時々体調が悪くなるのです。そんなこの子が、回復魔法を習得できるとお思いですか？」

「では……なぜロベルト様はそんな嘘を……？」

「分かりません。最近は中央へ行くための勉強などでかなり疲れていました、もしかしたら、頭が回っておらずにそのようなことを言ったのかもしれません」

「そんな……」

フィーネさんはあからさまに落胆《らくたん》し、肩を落とす。

しかし、逆に奮《ふる》い立つ人がいた。フィーネさんの後ろにいた騎士だ。

「それでは……あなた方バルトラン男爵家の嫡男《ちゃくなん》は、我らカヴァレ辺境伯の令嬢を弄《もてあそ》んだ……ということで良いのですかな？」

「ラウル、やめなさい」

フィーネさんが止めるけれど、ラウルと呼ばれた男が威嚇《いかく》するように母を見つめる。

けれど、母さんは真っ直ぐに彼を見つめ返した。

「きっと誤解があったのだと思います。ロベルトはフィーネさんのような素敵なお嬢さんと出会って、良い顔をしたいがためにそう言ってしまったのでしょう。母として謝罪いたします。大変失礼しました」

そう言って母さんは頭を下げる。

フィーネさんはその様子を見て、乾いた笑いを浮かべた。

「ふふふ……いえ、こちらこそ失礼しました……確かに、お話を聞いたら当たり前ですよね……こちらこそ大して調べもせずに来てしまい、申し訳ありません」

「お嬢様……」

「ラウル。良いのです。ロベルト様はあたしのこんな顔を見ても嫌な顔をせずに話してくださった。彼の言葉だったら……と思ったのですが……きっと、ロベルト様の勘違いだったのでしょう。仕方ありません。帰りますよ」

「お嬢様……」

「お忙しいところに急に来てしまい申し訳ありませんでした。それでは、失礼します」

彼女はそう言ってすぐに立ち上がり、そそくさと部屋から出て行こうとする。

僕は彼らの重たい背を見て悩む。本当にそれで良いのだろうか。

ロベルト兄さんが彼女に対して僕のことを話したのは、何か意味があったのではないか。そんな気がしてならない。

それに、僕は多くの人に助けてもらった。立派な貴族として生きていきたいのであれば、もっと多くの人を助けるべきなのではないか？

僕が彼女を助けられるなら、そうするべきだ。少しの間迷い、僕は意を決して声を出す。

「お待ちください」

「エミリオ!?」

母さんは悲鳴を上げるけれど、僕は……兄さんを信じる。彼女に話した兄さんの選択を。

「なんでしょうか？」

諦めた声のフィーネさんがそう問い返してくる。

「僕に……治療を任せてくれませんか」

「……先ほど、あなたにはできない……と伺ったのですが？」

「必ずできる、その保証はありません。でも、一度……やってみることくらいはできると思うのですが」

彼女は問題ないとばかりにサラリと言う。

「そうですか、では、ぜひお願いします。ただ、【奇跡《きせき》】と呼ばれる回復術師の方にも一度見てもらい、できませんでした。相当難しい治療なのだと思います」

「分かっています。あと、一つだけ条件が」

「なんでしょう？　報酬は必ずお支払いしますが……」

「いえ、僕が回復魔法を使えることを決して……誰にも話さないでいただきたいのです」

「そういうことでしたら、問題ありません」

「ありがとうございます。では……先ほどの席に」

「ええ」

そう言って彼女が座る間に、母さんが僕を見つめる。

「母さん。ごめん。でも、苦しんでいる人を助けられるかもしれないのに、見捨てることはできないんだ……」

「エミリオ……そうね。あなたは……優しい子よ」

「ありがとう」

そんな会話を交わしている間にフィーネさんがソファに座った。僕は部屋にいる人達に頼み事をする。

「すいません。少し集中したいので、フィーネさん以外は部屋から出ていただけますか？」

「何？　それは……」

「ラウル。出なさい」

「……はい」

護衛の騎士は一瞬拒否しようとするが、フィーネさんの一言であっさりと出て行く。母さんとチェルシーも一緒だ。

「それでは治療を始めます。集中したいので、フィーネさんはしばらくじっとしていてください」

「分かりました」

僕は彼女の顔をじっと見つめ続ける。

彼女の顔を、全て記憶する……それくらいの思いで見続けた。なぜならば、彼女の元の顔をしっかりと想像できるようにならなくてはいけないからだ。

この回復魔法が成功するのかは分からない。けれど、最初から失敗する気持ちでやることなんて決してない。

僕は失敗しない。必ず成功させる、それが回復術師としての基本であり、マスラン先生の教えだ。

「あの、まだですか？」

「黙っていてください」

「はい」

しびれを切らしたフィーネさんが尋ねてくるが、僕はもっともっと彼女の顔を見て集中する。

まぶたの裏に焼き付くように、その傷がなくなっていることが普通だと思うように。

三十分は見つめ続けただろうか。傷がなくなった彼女の顔を想像できるようになった。

彼女が元の顔に戻れるように、すぐに魔法を使う。

ただし『体力増強《ライフブースト》』は使わない。彼女は馬に乗れるほどに元気なのだから。

「根源より現れし汝の礎よ、かの者を呼び戻し癒せ。『回復魔法《ヒール》』」

僕は目を閉じ体の奥にある魔力を、かなりの量を引っ張り出し、それを彼女と混ぜ合わせ、想像通りの形に作り変えていく。

想像が全て現実になるように、彼女が再び元気を取り戻せるように。

しばらくすると、上手くいった感覚があった。

僕がゆっくりと目を開けると、そこには、傷のないフィーネさんがぼうっと僕を見つめていた。

「治った……みたいですね」

「え……嘘……」

彼女はそう言いながら傷跡のあった箇所《かしょ》を触っている。そこに何もないのが信じられないのか、飛び上がって部屋にある鏡台に向かって行った。

「嘘！　嘘嘘嘘！　これが私！　こんな！　こんなことってあるの!?　肌も……とっても綺麗で……」

そう叫びながら彼女は鏡で何度も何度も自分の顔を確認している。すると、騒々《そうぞう》しい彼女の声を疑問に思ったのか、ラウルさんが飛び込んできた。

「何事だ！　というかいつまで……」

「ラウル！　見て！　あたしの傷がない！　もう……もう何も言われることはないのよ！」

ラウルさんは傷のないフィーネさんの姿に衝撃を受け、

「そ、そんな……お、お嬢様！　とてもお美しゅうございます！」

そう言って二人で喜び合っていた。

僕はソファでぐったりとしながらそんな様子を見ていると、母さんが近付いてきた。

「エミリオ。お疲れ様」

「ありがとう、母さん」

僕はそれだけ返して、彼女に僕の秘密を話した兄さんのことを考える。

兄さんは……どうして彼女に僕のことを話したんだろうか……

＊＊＊＊＊

私──ヴィクトリアは今、マスランと並んで自宅であるゴルーニ侯爵家の屋敷を歩いていた。

屋敷の廊下には、見る者が見たら目が飛び出そうになる品や絵画が並べてあるけれど、いつも見ている私はどうでもいいとばかりに進む。

「マスラン殿。我が家の回復術師はなんと？」

「それが……やはり分からない、と……」

「そう……」

マスランには我が家でもっとも実力のある回復術師に、エミリオの症状について聞いてくるように依頼していた。もしも我が家の回復術師で治せるのなら、その者をバルトラン家に連れて行く方が良いと思ったからだ。

「私が治すことができるのは外傷のみで、病気を治すことはできません。なので、詳しいことは分かりませんが、エミリオのような症状は聞いたことがない、と言われてしまいました」

「聞いたこともない症状？　そんなことがあるのですか？」

「はい……知らない、と。むしろ、こちらが聞かれてしまいました。そんな病が自然に存在するのか、と」

「それは……」

私は少し考え込む。我が家の回復術師ですらそれならば、そこら辺にいる回復術師ではどうにもならないだろう。

であれば……私は切り替えて、話を変える。

「マスラン殿。それで、二つの目的は達成できそうですか？」

「それが……中々苦労しています。エミリオへ渡す物はあと一か月くらいで用意できるように手はずを整えられました。しかし、もう一つの方の、学院に入ることは許可が中々下りず……」

「そんなことだろうと思いました。これをどうぞ」

「これは？」

マスランは私が差し出した手紙を受け取り、不思議そうに見ている。

「こうなることを見越して、学院に一人分の許可証を発行の申請をしておきました。……父の力も少しですがお借りして……ですが」

「流石ヴィクトリア様。これで私の師匠を説得に行けます」

「しかし、お任せして本当に大丈夫ですか？　かなり偏屈《へんくつ》な方と聞いていますが……」

「ええ、私はあの方の弟子です。何をしたら首を縦に振ってくれるのかは知っています」

「それは心強い」

エミリオのためには是非ともあの方の力が欲しい。

そう思っていたので、マスランの存在は私にとってかなり好都合だ。

「ヴィクトリア様の方はいかがですか？」

「私の方は今のところ問題ありません。エミリオへの贈り物も届いているでしょうし……あ、エミリオの喜んだ顔が見れないのが残念ではありますが……こほん。それは良いとして、父の説得は問題ないでしょうし、私達の派閥への根回しもちゃんと終わっています。それに、いざという時のため、王家も巻き込む可能性も考えた方が良いかもしれません」

「王家……ですか」

「ええ、これでも【紫狂王女《ヴァイオレットベルセルク》】ともそれなりにお話はするのですよ」

「あの第二王女……」

「ええ、仲が良いかと問われれば良いとは言いたくないですが……まぁ、なんとかしてみせます」

「そこまで考えていらしたのですね。失礼しました。これから私は師匠を説得しに学院に行きます、エミリオのために」

「ええ、エミリオのために」

そう言って、マスランは私から離れていく。彼に関しては心配していない。

けれど、どこかで何かが引っかかっている。

どうしてかしら……何か……見落としているような気が……

最悪、あれを使うしかない。そう覚悟を決めながら私は父である侯爵の元へ向かう。

＊＊＊＊＊

俺――ロベルトは今、中央のある貴族の屋敷で行われる舞踏会の控え室で父さんと一緒に待機していた。

ソファは座ったこともないほどにふかふかで、テーブルの上にある果物も半分は見たことがない種類だ。ただし、その中に我が領地のリンマの実があったことは嬉しく、誇らしかった。

これからのことに思いを巡《めぐ》らせると、緊張せずにはいられない。控え室ですら広いし、これだけの豪華な舞踏会を開く貴族は中々いないだろう。

ヴィクトリア様は普通にこなしていたと聞いたが……そういえば、彼女は大丈夫だろうか？

バルトラン男爵家からここに来るまでの道中、少し話したかったのだけれど、一度も会うことができなかった。何かあったのだろうか。

しかし緊張する。今まで着たことのないきっちりした服を着ているし、父さんもいつになく気合が入っているように感じる。

「ロベルト、行くぞ」

「は、はい！」

父さんが近付いてくるのに気が付かなかったため、声をかけられて飛び上がった。

俺は控え室から出て父さんの後ろを恐る恐る付いて行く。

父さんは躊躇《ためら》いもなく進んで行き、舞踏会の会場に入った。

「うわぁ……」

会場を見て、俺は思わず声をあげてしまった。

会場では心地好いメロディの曲が演奏されていて、内装は綺麗という言葉では表現しきれないほどに美しかった。純白の会場で、漆黒《しっこく》の服に身を包んだ使用人達が、キビキビと動き回り仕事をこなしている。

貴族達は優雅《ゆうが》にその空間を楽しんでおり、余裕を感じる。テーブルの上に並ぶ料理は、良い香りの物ばかりで、今すぐにでも食べに行きたい。

そう思っていたら、違うものが目に入った。美しい女性達だ。彼女達はスタイルが分かりやすい服を着ており、出で立ちもとても美しい。俺は思わず目を奪われてしまう。

「ロベルト、後にしろ、先に挨拶回りだ」

「は、はい！」

俺は惜しみつつも父さんに付いて行き、色々な人に挨拶をしていく。伯爵、子爵《ししゃく》、男爵、少数だが騎士爵《きししゃく》の人とも話した。

途中からは誰が誰か全く分からなくなるほどに疲れてきたけれど、エミリオや家族のためと思って頑張った。

挨拶回りを始めて二時間ほどが経過して一息ついた頃に、父さんが話しかけてきた。

「ロベルト、あとは俺がやっておく。遊んできても良いぞ、飯も美味いから食ってこい」

「え、良いの？」

「ああ、こういう若い頃の出会いは大切だ。俺もアンナと出会った時には……」

「行ってくる！」

父さんの話を最後まで聞かず、俺はそう言って会場内を歩き回り始めた。

そして、最初に何をしようかと考える。

「よし。まずは友達を作ろう」

どれくらいの期間になるか分からないが、俺は来年の春には中央の学院に行くことは決まっている。その時のために友達を作っておきたい。

あと、これはエミリオのためでもある。多くなくても、友達がいれば貴族の情報を集めて、エミリオの役に立てるかもしれないからだ。それに、食事も友達と一緒に食べた方が美味いに決まっている。

すぐに自分と同じくらい歳の人が集まっている場所を見つけた。俺は近くの男三人女二人のグループに近付いて声をかける。

「や、やぁ。少しいいかな？」

「ん？」

「どちら様かしら？」

「知ってる？」

「私は知らないわ」

「ぼくも知らないね」

「俺はバルトラン男爵家の嫡男、ロベルト。友達になりたくて来たんだ。どうだろうか？」

良かった。ちゃんとここに来るまでに考えていたことを噛《か》まずに言えた。

しかし、それを聞いた彼らはキョトンとした後に、思い切り笑い出した。

「あっははははははは。君、田舎者《いなかもの》かい？」

「え？　え？」

「きゃはははは、本当におかしいわね。男爵の分際で……」

「それに君、ここの派閥はクラレッツ公爵の派閥だよ。それでよく来れたな？」

「それとも喧嘩を売りに来たのかしら？　男爵風情が」

「ぼく達は子爵以上しかいないんだよ。分かったら壁際にでも行くんだね」

「……」

俺は彼らの言葉と、明らかに見下した視線に耐えきれずに俯《うつむ》いて壁際にトボトボと歩いて行く。

田舎者……かぁ

確かに……俺はそうだろう。だけれど、あそこまで言われないといけないのだろうか……

これが男爵領だったら、みんな優しくしてくれるのに……そこまで考えて、俺は首を思い切り横に振る。

違う違う。エミリオのために、俺がもっと頑張らなければ……

俺は周囲を見回して他の人を探す。たとえ田舎者と罵《ののし》られても、自分ができることをするんだ。

誰か……一人でも……そう思って視線を彷徨《さまよ》わせていると、一人の女性が目に付いた。美しい金髪を流し、煌《きら》めくような深い青色のドレスを身にまとっている。彼女の顔は右半分しか見えないけれど、どうやら深い憂《うれ》いを抱いていることは分かった。

俺は気が付いたら、その女性に話しかけていた。

「あの、少し良いですか？」

「はい？　なんでしょうか」

「！」

返事をしてこちらを振り向く彼女の顔には、左顎から左目にかけて深い傷が残されていた。

俺の表情の変化を見た彼女は、そっと視線を落とす。

「すいません。大変……醜《みにく》いですよね……」

「いえ、そんなことはありません。とても……綺麗だと思います」

最初こそ驚きはしたものの、ヴィクトリア様のあの包帯の隙間からの肌を見ていたため、耐性が付いていた。今では、これくらい問題などないように思える。

「まぁ……嬉しいことを言ってくださるのですね」

「ほ、本当です！　こんなことで嘘は言いません！」

「そう……お世辞でも……嬉しいですわ」

「本当です。それではこれから少し一緒にいてくださいませんか？」

「……よろしいのですか？」

「はい。俺は……あなたと、もっとお話がしたい」

彼女はそんなことを言われたことがないのか戸惑《とまど》っているようだ。でも、俺は意見を曲げない。

なぜか分からないが、俺は彼女ともっと話したくなったのだ。

「お願いします。俺はあなたとお話したい」

俺は繰り返し彼女にそう伝える。

「……ええ、こちらこそよろしくお願いします。ただ、すぐにどこかに行きたくなったら行っていただいて構いませんから」

「はい。そんなことはないと思いますけどね。あ、俺はバルトラン男爵家の嫡男、ロベルトと申します」

「私はカヴァレ辺境伯家の長女、フィーネです」

「フィーネ……」

「はい」

彼女は俺が呆然と呟いた言葉にも笑顔で返してくれた。

それから俺達は舞踏会が終わるまでずっと話し続けた。

彼女も俺と同じように外で走り回ったり、馬に乗って出掛けるのが好きみたいで、かなり楽しく話せた。途中からさっき見下してきた奴らが、近くで大きな声でバカみたいに話していて邪魔だった。けれど、そんなことは気にならないくらいに、彼女との会話は楽しかった。

時間はあっという間に過ぎ、舞踏会もそろそろ終了といった雰囲気の曲がかかる。

「そろそろ終わりですね……」

「もっとフィーネとお話をしたかったのですが……」

「それは次にお会いできた時に是非とも」

そう言って彼女は去っていこうとする。でも、俺は……ここまで来て、彼女をそのままにすることができなかった。

「待って！」

「どうかされましたか？」

「あの……その……」

俺は少し躊躇い、けれど、彼女のこと、彼女の実家のことを思い出して話そうと決めた。彼女の実家の力があれば、きっと……エミリオの役に立つから。

俺ではきっと守れない、あの湖の景色を守るためのエミリオの力に。

「ご内密《ないみつ》にしてほしいことがあるのですが、良いでしょうか？」

「ここで……ですか？」

「はい。今……あなたにお伝えしたいです」

「構いませんが……」

俺は彼女にそっと近付き、耳打ちをしようとする。その際に漂ってくる素敵な香りに思わず眩暈《めまい》がしそうになるが、なんとか堪えて話す。

「その……傷のことなのですが、もしかしたら、治療できるかもしれません」

「……本当ですか？」

「はい、先ほどから何回か話したと思うのですが、俺には弟がいて、名前をエミリオといいます。エミリオは……俺と違って特別なんです。なので、もしかしたら……あなたのことを治せるかもしれません」

半信半疑《はんしんはんぎ》といった様子のフィーネに、俺は真っ直ぐに伝える。

「それは……話して良かったのですか？」

「あなたであれば……大丈夫だと思います。それに俺はあなたの笑顔が見たい」

「まぁ……でも、いえ、あなたがそこまで言うのであれば、一度伺わせていただきます」

「はい。きっと……エミリオなら力になってくれると思います。素晴らしい弟なので」

「それは知っています。さっきの間中、ずっと弟さんのことを褒めていましたよ？」

「え……」

そんなに褒めていたのか？　ちょっと恥ずかしくなる。

「ふふ、仲がとってもよろしいのですね。それでは、今度こそ失礼いたします」

「はい。また……」

「ええ、また」

フィーネの家はカヴァレ辺境伯家、彼らは義理堅いと有名だ。きっと……エミリオの力にもなってくれるに違いない。

こうして、俺とフィーネの初めての出会いは終わった。

＊＊＊＊＊

そんなロベルトとフィーネの会話を、盗み聞きしていたグループがいた。

彼らは周囲に自分達の会話が聞かれないように、魔道具を使って会話を始めた。

リーダーらしき赤毛の男が口を開く。

「聞いたか？　男爵の分際で回復術師だと？」

髪の長い少女、背の低い男がそれを受けて話し出した。

「男爵程度には過ぎたものですこと」

「俺達が使ってやるのが丁度良いんじゃない？」

残りの男二人も、エミリオの力に目を付けたようだ。

「もし古傷も治せるんなら、かなりの価値になりそうだな」

「ぼく達が奴《ど》隷《れい》化の魔道具をつけてあげるのが優しさじゃないかな」

そう話す彼らの口元は怪しく歪んでいた。

＊＊＊＊＊

僕はフィーネさんの傷を治療した後、母さんと一緒に彼女達を見送っていた。

「エミリオ様！　本当にありがとうございます！　この御恩《ごおん》は一生忘れません！」

「お嬢様。はしゃぎすぎては、はしたないですよ」

僕らの目の前では、最初に見たのとは違って元気よく嬉しそうに話すフィーネさんがいた。彼女は護衛のラウルさんも窘《たしな》めるほどにテンションが上がっている。

ただ、そこまで喜ばれると、見ているこっちも嬉しくなるものだ。

「いえ、気にしないでください。それよりも、兄さんのこと、よろしくお願いします」

「……」

僕の言葉を聞いたフィーネさんは少しポカンとした顔をした後に、ニコッと笑う。

「あなた達兄弟はとても似ていますね」

「そうでしょうか？」

「ええ、ロベルト様にも、あなたのお力になってほしいと言われましたよ」

「兄さんが……」

兄さんはやっぱり僕のことを考えてくれていたんだと確信した。

「ええ、何かあった際にはいつでもお呼びください。我が領自慢の騎馬が最速で駆けつけてみせましょう」

フィーネさんはそう言いながら華麗《かれい》に馬に飛び乗った。

「私も申し訳ありませんでした。先ほどは大変失礼なことを申してしまいました」

護衛のラウルさんがそう言って謝ってきた。

「お気になさらず、護衛が気を張っていなければならないことは僕も知っていますから」

「ありがとうございます。もしもの際は、この【閃烈《せんれつ》】を披露《ひろう》いたしましょう」

「？　よろしくお願いします」

よく分からないけれど、物騒な感じがするのでそうならないように祈りたい。でも、こう言ってくれるのは嬉しいことこの上ない。

ラウルさんと他の騎士達も、華麗に馬に乗った。

「それではエミリオ様！　またお会いしましょう！」

「はい！　こちらこそ！」

フィーネさんはそう言って、馬に乗りながら僕達の方を見続け、見えなくなるまで手を振り続けてくれた。

僕は、隣にいた母さんに話しかける。

「他の貴族の人って……結構怖い人だと思っていたけれど、優しい人が多いんだね」

ヴィーやフィーネさんを見ていると、僕がいかに偏見《へんけん》を持っていたのかが分かってしまう。少し恥ずかしい。

しかし、母さんは首を横に振る。

「いいえ、エミリオ、あなたが出会った貴族の方はまだ二人。ゴルーニ侯爵家令嬢に、カヴァレ辺境伯家令嬢。貴族はまだまだいます。中には、気に入った平民を奴隷に落として連れ去ろうとするような者もいるのです。甘く見てはいけません」

「そっか……」

「ですが安心してください。きっとロベルトもこれ以上、あなたの秘密を喋るようなことはそうそうしないでしょう。なので、他の貴族がやってくることは少ないと思います。ただ、そうなった時のために、できる限りのことはしておきたいですね」

「はい。母さん」

「では戻りますよ」

「うん。そういえば……ごめんなさい。せっかく助けようとしてくれたのに……」

母さんがフィーネさんに回復魔法のことを伝えずに帰そうとした件についてだ。

しかし、母さんは首を横に振る。

「いいえ、本来であればエミリオの判断は正しいわ。困っている人がいたのなら助ける、それができることは美徳ですから。あの時止めようとしたのは、私が色々と考えすぎてしまったからに他なりません」

「そんなことないよ。母さんが僕のことを思ってくれてるのは知ってるから」

「ふふ、当然です。これでも母ですから。ああ、でも、今回とても良いことがありました」

「何？」

「これです」

そう言って母さんは指をコインの形に変える。

「そんなに報酬が良かったの？」

「ええ、ゴルーニ侯爵家からも相当量もらいましたけれど、彼女達からもかなりの量をいただけたのです」

「あはは、流石母さん」

「家庭を守るために、ある程度は必要ですからね。さ、中に戻りましょう」

「うん」

僕は母さんと一緒に屋敷に戻る。

兄さんのためにも、みんなのためにも、僕はフィーネさんの力になれたことが誇らしかった。少しは貴族として、相応しい行動はできたのだろうか。

＊＊＊＊＊

バルトラン男爵の屋敷から帰りながら、あたし——フィーネの胸の中は晴れやかな気持ちで一杯だった。

「さぁ！　もっと飛ばすわよ！　ラウル！　遅れたら置いて行くからね！」

「お嬢様！　飛ばしすぎです！」

「何言ってるの！　飛ばさずにはいられないでしょ！　本当だったら空も飛びたいくらいなんだから！」

「できないことは言わないでください！」

「アハハ！　そんなことないわ！　きっとできる！　あたしの顔も、こんなに綺麗になったんだから！」

あたしは嬉しくて今以上に馬の速度を上げた。

嬉しい、楽しい、幸せ、それら全ての感情を詰め合わせたよりもなお嬉しい。

ロベルト様は、傷物の自分と普通に話してくれた。そして、彼の弟であるエミリオ様は、本当にあたしの傷を治してくれた。信じられない。

あの【奇跡】と呼ばれた回復術師でもできなかったのに、それをあんな少年ができるなんて……

あたしは風を切る感触を全身で感じて進む。

こうして馬に乗って楽しく駆けるのも何年振りか。事故であの怪我をしてから……あたしの人生は地に落ちた。それが、たった一日でこれだ。

エミリオ様のために、もし彼に何かあった時は駆け付けられるようにしておかなければ。もしかすると、彼の力を狙った、よくないことに巻き込まれてしまうかもしれないから。

通りすぎるものものしい馬車も、森の中で聞こえる何かの遠吠えも、今は全て……あたしのため

にあるように感じられた。

＊＊＊＊＊

そんな彼女とすれ違った馬車の中で、貴族達——赤毛の青年と髪の長い少女が会話をしていた。

「見たか？　今すれ違った女、カヴァレのところの傷女だったぞ」

「ええ、確かに見ましたわ。でも、傷なんてどこにもなかったような……」

「ああ、ということは……本当らしいな？」

「しかし……そんなことありえるの？　あの【奇跡】ですらできなかったと聞いているわよ？」

「実際にできているんだ。それに、今から行って確かめてみれば良い」

彼らは傷が治ったフィーネを見て、訝《いぶか》し気な表情を浮かべた。

「派閥も違うのに問題ないの？　男爵家にはあの【三日月《みかづき》】がいるって噂よ？」

「問題ない。その【三日月】は顔に大火傷を負って引きこもっている。【消炭】達の襲撃を怖がっているっていう話だ」

「あら、そうなのね。流石に二つ名持ちね」

「まぁ、ゴルーニ侯爵家には【氷像《ひょうぞう》】もいるから、簡単に殺すことはできないだろう。だが、すぐにも出ては来れまい。だから心配いらないのさ。それに、ちゃんといざという時の戦力は連れてきているだろう？」

彼はそう言って馬車の外に視線を送る。

彼につられて、少女が目を向けると、そこには馬に乗った二人の男がいた。一人はフルプレートを身にまとっていて、それ以外も全身高価な装備で固めている。もう一人は魔法使いのローブを着ていて、その視線はとても鋭い。

少女は青年に疑問を投げかける。

「彼ら、本当に役に立つの？」

「お前な……前も言っただろう？　あいつらは二人でBランクの冒険者パーティを殺し切ったほどの実力者なんだぜ？」

「あなたはなんで、そんなやばい奴らを連れてるの？」

「処刑されそうになっているところを助けて、俺の奴隷にしてやったんだよ。それからはなんでも言うことの聞く人形の出来上がりだ」

「なるほどね」

少女は、口を閉じてそれ以上は質問しなかった。すると、青年が口を開いた。

「しかし、それにしても、男爵に回復術師なんてもったいないぜ。俺みたいな伯爵家次期当主が使ってやらないとな」

「まぁ、男爵なんて平民に毛が生えた程度の奴らだろうしね」

「そうだな」

「でも、言うことを聞かなかったらどうするの？」

「外にいるあいつらの力を見せれば、すぐに従うだろうが……聞かない場合はこれを使う」

じゃらりと音を立てて彼がポケットから出したのは、『奴隷《どれい》の首輪《くびわ》』という魔道具だ。普通の奴隷にはあまり使われない、かなりの拘束力を誇る強力な物だ。

もちろん、それを着けただけでは奴隷にはならず、対応する書類に本人の意思を込めてサインをしなければならない。だが、誘拐《ゆうかい》され、拷問《ごうもん》を受け続ければ、人は簡単にサインをするということを彼らは知っていた。

「このために用意したんだ。通常の物と違って、奴隷となる契約を結んでも魔法が使えるままになる特注品だ」

「そんな物まで……」

「回復術師様にはこれくらいのおもてなしはしてやらないとな」

「それもそうね」

こうして、彼らはバルトラン男爵領へと向かって進んで行く。真っ黒な思いと共に。

＊＊＊＊＊

フィーネさんを治療した翌日。

僕は運動がてら屋敷の庭を散歩していた。屋敷の外に魔物が出ることはほとんどないと言って良い。けれど、少し前に兄さんと外に出た時に魔物を見た。だから外には出ず、屋敷の中を歩き回って体力を付けるようにしなければならない。

魔法で浮かぶ練習もやらなければならないけれど、体力の方が僕にとって大事ではある。

空は晴れ渡り青く澄み切っていて、空気は少し肌寒くなり始めている。でも、太陽から注ぐ光は心地好い。

「良い天気だ……」

こんな良い天気では、部屋で魔法を使うよりも、外に出て体を動かしたくなる。兄さんがよく体を動かしているのを思い出して、その気持ちが理解できた。

僕はそんなことを思いながら庭をゆっくりと歩き回る。すると、すぐ近くで楽し気な声と、困ったような声が聞こえてきた。

「あはははは！　チェルシー！　わたしはどこにいるでしょうか⁉」

「あ！　エカチェリーナ様！　そこの洗濯物は干したばっかりなんですから気を付けてください！」

「あははははは！　だったらもっとチェルシーが遊んでよ！」

「いけません！　お仕事があるんですから！　もう……サシャはどこに行ったのよ……」

二人の話し声を聞き、僕は彼女達に近付いて行く。折角なので静かに近付いてみたいと思ったが、相手が悪かった。

「あ！　お兄ちゃん！」

僕は遊んでいたリーナに目ざとく見つけられてしまう。彼女はキョロキョロと色々なものを見ていたからだ。

「見つかっちゃった」

そう言いながら僕は二人の元に向かうけれど、リーナは待っていられないとあちらから近付いてきた。

「どうしたの？　お兄ちゃん！」

「散歩だよ。リーナは何しているの？」

「わたし!?　わたしはチェルシーに遊んでもらってるの！」

「遊んでもらってる？」

「うん！」

リーナは元気よくそう言うけれど、チェルシーは屋敷の洗濯物を干しているようにしか見えない。

リーナはそのまま干されている洗濯物の陰に隠れるように走り回る。

僕はチェルシーに話を聞くことにした。

「チェルシー。仕事をしているんじゃないの？」

「それが……昨日はカヴァレ辺境伯様のご息女の対応を色々とやっていて全く仕事ができず……しかし、昨日の仕事を代わりにやってくれる人もいないので……」

「ああ、そっか。今は父さんとロベルト兄さんが中央にいるから使用人が数人付いて行っているのか。サシャはどうしてるの？」

「サシャはいつものように仕事をほっぽり出してどこかへ行ってしまっていて……」

「そ、そうなんだ……それなら……僕がリーナと遊んでも良いかな？」

「え、ですが……」

チェルシーは屋敷の仕事をずっとやってくれている。

リーナの相手くらいは僕もやってあげなければ。

でも、彼女が責任を感じないようにフォローも忘れない。

「僕も父さんとか、ノモスとかマスラン先生が中央に行っちゃって、一人で自習し続けるのもちょっと飽きてきたんだ。だから、リーナと遊びたいなって」

「エミリオ様……ありがとうございます。大変申し訳ありませんが、お願いできますか？」

「うん。大丈夫だよ。リーナ！」

「なーに⁉」

僕が呼ぶと、リーナはすぐに駆け寄ってくる。

「僕と遊ぼっか」

「良いの⁉」

「うん。あんまり激しいのはできないけどね」

「分かった！　チェルシー！　バイバイ！」

「はい。いってらっしゃいませ」

チェルシーは仕事で忙しいからか、すぐに仕事に戻る。

僕はリーナに向かって聞く。

「リーナ。何して遊びたい？」

「うーん。リーナ、お馬さんに乗りたい！」

「う、馬？」

「うん！　昨日来てた人達みたいに！」

「ああ……カヴァレ辺境伯の人達か……」

「うん！　リーナも乗ってみたい！」

「そうだなぁ……」

彼女は元気いっぱいでなんでもやりたがる年頃だ。僕としてもやらせてあげたいけれど、馬に乗せるのは流石にできない。

第一、僕も乗馬なんてできないし、落ちた時のことを考えたら危なすぎる。

どうしようか少し考えたところで、僕は少し前にサシャと町へ行った時のことを思い出した。そして、最近は『氷板操作《アイスボードコントロール》』の練習をしていなかったから、丁度良いなと感じる。

ただ、サシャの時のように作ったのではリーナには危ない。かといって、アイネに作った時の物だと、あれはあれでリーナが楽しんでくれるか分からないどうしようか……と、少し考えて、思い付いた物があった。

「リーナ。お馬さんっぽい物でも良い？」

「お馬さんっぽい物？」

「うん。一回作ってみるね」

僕は目を閉じて集中する。そして、想像した物を作るように詠唱する。

「氷よ、板と成り我が意に従え。『氷板操作《アイスボードコントロール》』」

僕は目の前に、大きい氷の板が二枚、中くらいの板が一枚、小さい板が二枚の計五枚の氷の板を作る。

「お兄ちゃん。これ何に使うの？」

「これはね。こうやるんだよ」

僕は彼女に教えるように、一枚の大きな板に座る。そして、残りの大きな板を背もたれに、落ちないように太ももの両サイドに小さい板を一枚ずつ、そして小さい板の上に蓋《ふた》をするように中くらいの板一枚を合わせる。こうすると、脚を固定できるイスのような物が出来上がるのだ。

「すご〜い！　何それ！　リーナも乗りたい！」

「良いよ」

僕は彼女のサイズに合わせて氷の板を想像し、新しい物を作る。

「氷よ、板と成り我が意に従え。『氷板操作《アイスボードコントロール》』」

僕は彼女用に、可愛らしいピンク色の氷を作り出す。

「すご〜い！　可愛い！　何これ！」

「座ってみて」

「うん！」

彼女は勢いよく座り、座った場所を見たり触ったりキョロキョロとしている。

「動かないで」

「うん！」

僕はリーナが動かない今のうちに、彼女が落ちないようにしっかりと固定する。

「これからどうするの⁉」

「うん。実を言うとね。これからやることは初めてなんだ」

「そうなの？」

「うん。だから、ちょっと最初はゆっくりと動かすね」

「分かった！」

リーナの安全のためにも、最初はゆっくりとやるようにしよう。自分では部屋の中で浮かんだりということはやっていたけれど、自分以外ではサシャにしか試していない。

それに二人同時に操るのは初めてだから、より気を付けなければならないだろう。

でも、これがこなせれば、魔法で浮かぶということももっと簡単にできるようになるのではないか。

僕は氷の板を全て固定し終えたので、全体を動かしていく。

スーーー。

二つのイスはゆっくりと動く。

「何これすごい！」

「……」

リーナは喜んでいるけれど、僕はそれどころではなかった。

こんなふうに人を乗せて移動するのは、中々に集中力を使うからだ。

それに、もしも失敗して、変なところに当たったら、リーナが怪我をしてしまう。

……あれ、でもその怪我は僕が治せば……いやいや、リーナが痛い思いをするのは良くない。集中しなければ。

しばらくはこの動かす感覚を掴むために、裏庭の何もない空間をぐるぐると回るだけにする。

「ねー。お兄ちゃん。もっと色んな場所に行こうよー」

「ダメ……もうちょっと待って……」

「えー！　リーナ色んな場所に行きたい！」

「く……」

僕はなんとか慣れてきたところではあるけれど、速度を出すのはまだ怖い。

でも、このままぐるぐると回り続けていてもつまらないのは分かる。僕もそろそろ違う景色が見たい。

「じゃあリーナ。庭の方にゆっくりと行ってみようか」

「うん！　やった！」

僕はリーナと横に並んで進んで行く。

氷の板は地上から数十センチメートルほどしか浮かんでいなくて、もしも魔法が切れても足が着くまでにすぐだ。大怪我をするようなことはまずない。

だけれど、リーナが傷付くようなことはしたくないので、しっかりと周囲へ注意を払って進んだ。

「やっほー！　おじさん元気ー！」

「おお、エカチェリーナ様にエミリオ様まで。面白いことをしておられますな」

リーナは庭師と話したりして、周囲を楽し気に見回している。

いつもよりちょっと低い位置で見る庭は新鮮で、木や花が見える角度が違って面白い。つい視線がそっちに持って行かれそうになる。

庭の中をぐるぐると周り、庭師の邪魔にならないように気を付けながら飛び回った。

「お兄ちゃん！　もっと速くして！」

「それは流石にまだ危ないからダメだよ」

操作にはすぐに慣れるわけじゃない。それに、二つ同時というのはサシャの時のように一つを動かすのとはわけが違う。でも、リーナは納得しない。

「じゃあ高く！」

「少しだけだよ？」

「うん！」

僕はそれから少し高度を上げて、もう一度庭を飛び回った。

そして一周が終わるごとに、リーナにもっと速く、もっと高くしてと言われるのだ。

そして、気が付いたら、町に向かう道でサシャと遊んでいた時のような、それなりに速い速度と高さで飛び回ることになっていた。

「あははははは！　すごいすごーい！　速くて高くて楽しい！」

屋根の二階くらいの高度で、速さも大人が走るくらいだろうか。

ただ、今までの、単なる氷の板に乗るよりも、浮かんでいるという感覚は掴めたような気がした。

「これは使えるな……もうちょっと試してみて、浮かぶ感覚を身に着けたいな……」

僕はそんなことを考えた。

リーナを楽しませようとしただけだけれど、これは僕の病の治療には大いに役に立ちそうな気がする。彼女のおかげかもしれない。

そんなふうに思いながらリーナと遊んでいると、チェルシーに声をかけられた。

「エミリオ様！」

「チェルシー！」

僕はチェルシーの元にゆっくりと向かう。ぶつかったら彼女が怪我をしてしまうからだ。

「そろそろお夕食です」

「あ、もうそんな時間か」

見上げると空は夕焼けで真っ赤に染まっていた。

「ありがとうございました。エミリオ様。私達がやらなければならない仕事をやっていただいて……」

「何言ってるの。僕はリーナと遊んでただけだよね」

僕がそう言うと、リーナもイスを壊さんばかりに喜びを体で表している。

「そう！　すごく楽しかった！　チェルシーも今度一緒にやろう!?」

「そうですね。是非お願いします」

「やったー！　そういえば今夜の夕食はなにー？」

「エミリオ様の好物でございます。料理長に頼んでみました」

「そうなんだ、ありがとうチェルシー」

仕事の手助けをしたつもりが、気を遣わせてしまった。

本当に僕は優しくしてもらってばかりだ。

「いいえ、助けていただいたのは私ですので」

「ずるーい！　わたしも好きな物食べたーい！」

「リーナ様の好きな物もありますよ」

「ほんと!?　やったー！」

そう話しながら僕達は食堂に向かう。

今日一日は楽しく過ごし、美味しい夕飯を食べて、団らんの時を過ごす……本来であれば、そうなるはずだった。

日も完全に落ち切り、あとは寝るだけ……そんな時に招いてもいない来客があった。

「おい！　ローコン伯爵家次期当主様が来たのだぞ！　門を開けぬか！」

第三章

これから寝ようかとしている時間。屋敷の前から誰かが叫ぶ声がする。

「さっさと出てこい！　我らが次期当主様をお待たせするつもりか！」

何者かがそう叫んでいるのを聞きつけ、屋敷の中が少し騒がしくなる。

数分もすると使用人とメイドが駆け足で屋敷の門へと向かって行った。何か少し話した後にまた帰ってくる。

「バルトラン男爵夫人！　いるのであろう⁉　さっさと門を開けるように伝えよ！」

おそらくローコン伯爵家という貴族家の使用人か護衛の人が、苛立たし気に叫んでいる。

それからは屋敷の人達が何度か往復して、門が開かれた。

「ローコン伯爵家を待たせるなど、恥を知れ！」

こんな夜中にいきなり押しかけてきておいてその言い方はないんじゃないのか、そう思ったけれど、貴族の社会ではそういうのが正しいのだろうか……

しばらくしてから、部屋がノックされた。

コンコン。

「はい？」

ノックされたので返事をすると、チェルシーが申し訳なさそうに入ってきた。

「失礼します。エミリオ様。奥様がお呼びです」

「母さんが？」

「はい」

「すぐに行くよ。寝室？」

「いえ、執務室に移られました」

「分かった」

僕は上着を羽織《はお》って母さんがいる執務室に向かう。

「母さん。入るよ」

「ええ」

「何があったの？　まぁ……なんとなくは分かるけど」

先ほどの外で起きたことだとは思うけど……母さんも少し疲れた表情で視線を下げる。

「ええ、先ほどローコン伯爵家嫡男と、ヘアレ子爵家長女が揃って今夜泊まらせろ……と言ってきました。そしてエミリオ、あなたに会わせろと要求しています」

「ええ⁉　また⁉」

僕に会う……どうして？　なんで僕？　そんな思考がぐるぐると回る。

「はい。それも、今回、彼らはロベルトの友人であることを強調してきました」

「兄さんと？　兄さんはそんなに僕のことを話しまくっているのかな？　広告塔にでもなりに行っ

たの……？」

「それはないと思いたいのですが……」

母さんも頭を抱えている。

「でも兄さんの紹介で来たってことは、僕の力は知っている……んだよね？」

「それは分かりません。一応、今から私も一緒に会いに行きます。けれど、そこでもしも使えと言われたら……」

「必要だったら……僕は治療します。兄さんが……それだけ必要な人に僕の力を伝えたい……ということを思ったんでしょうから」

そうだ。兄さんがむやみやたらに僕の力を言いふらすはずがない。だから、きっと……彼らにはあれだけ急がなければならない理由があるに違いない。

「そう……分かったわ。それじゃあ行きましょうか」

「うん」

僕と母さんは揃って客室に行くと、そこでは二人の貴族がソファにふんぞり返っていた。その後ろには、護衛だろうか、僕達をバカにしたような態度の騎士と魔法使いらしき男がいた。

貴族の一人は赤色の髪を短髪に切った青年で、高級な服に、見るからに高そうなアクセサリーをじゃらじゃらと付けている。指にはどれも指輪を着けていて、今もそれらを眺めていた。

もう一人の女性はピンク色の綺麗なストレートを背中に流していて、着ているドレスも同様にピンク色だ。

僕らが彼らの正面に座ると、まずは青年の方が話しかけてきた。

「初めまして、俺はローコン伯爵家次期当主のコンラートだ。そして、こちらがヘアレ子爵家の長女、カーミラと言う」

「初めまして、私はバルトラン男爵の妻、アンナです。こちらは次男のエミリオですわ」

続いて女性の方が言う。

「カーミラと申します。夜分遅くに申し訳ありませんね。バルトラン男爵夫人」

「いえ、急なことでこのような対応しかできずに、こちらこそ申し訳ありません。それで、どのようなご用件でしょうか」

母さんがそう言うと、コンラートさんは鋭い視線で口を開く。

「我々は中央であなたの御子息、ロベルト君と仲良くなりましてね。彼女の悩み事を解決してくださると聞いたのですよ」

「悩み事？」

「ええ、彼女の悩み事はかなり深刻で……」

彼はそう言って女性の方に視線を向ける。

どうしたのだろうか。やはり、彼女もフィーネさんのように何か怪我があるのだろうか？　それとも重大な病に侵されている……とかだろうか。そうなった場合、僕では治療することはできない。

早く病を治す回復魔法を習いたいのは山々だけれど、僕だって自分の病を治療できる先生と会えてすらいないからだ。

コンラートさんの言葉を引き継ぎ、カーミラさんが話す。

「ええ、わたくし、この髪で困っていますの」

「「髪……？」」

僕と母さんがお互いに顔を見合わせて首を傾げる。

彼女の髪はとても綺麗で、問題などないように思える。

「ええ、わたくし、少し髪が、薄くなっている部分があり……そのせいで辛い目に……」

「は、はぁ」

「それはお辛いですね？」

僕と母さんは困惑したまま言葉を返す。

「なので、エミリオ様！　あなたのお力で元の髪に戻してください！　後、この髪を綺麗なパーマにしていただけないでしょうか！」

カーミラさんはそう言って、こちらに向かって身を乗り出してくる。

「ま、待ってください！　僕にはそういったことはできません！」

「何を言っているんですか！　あなたは他の回復術師とは違う特別な方なのではないのですか！」

「それは……」

僕はすぐにそれを否定することはできなかった。

マスラン先生やヴィーに、僕は普通とは違うと言われていたからだ。

僕の言葉が少し詰まった瞬間に、彼女は更に迫ってくる。

「やっぱりそうなのですね！　ではすぐにお願いします！　わたくしを助けてください！」

「い、いえ、ですから僕は……」

「何を言っているのですか！　わたくしはあなたしか頼れません！　ですのでどうか！　どうかお願いしますわ！」

「ぼ、僕はそんな回復魔法なん……」

「回復魔法が使えるのは知っています！　フィーネ殿も治療されたのですよね！　分かっています！　大丈夫です！　分かっていますとも！」

「いえ、ですから……」

「お願いしますわ！　エミ……エミール殿！　よろしくお願いします！」

勢いがすごいけど、名前が間違ってるんだよね……そう思っていると、母さんが間に入ってくれる。

「カーミラ様。エミリオはそのようなことはできません」

そう言うけれど、コンラートさんに止められる。

「夫人。こちらは既にできることを確認してから来ているのだよ。できると分かっているのだ。否定するのは時間の無駄だと思うが？　それに、我らローコン伯爵家に敵対するつもりか？」

「……」

母さんは敵対も辞さない、というようにコンラートさんを見つめ返す。

なぜ僕がフィーネさんを治療したことを知っているのだろうか？　やはりロベルト兄さんが話し

たのだろうか？　それなら……僕も兄さんの期待には応えたい。

「わ……分かりました……」

「エミリオ!?」

「母さん。ありがとう。でも、僕は兄さんを信じるよ」

「ありがとうございます！」

彼女の勢いに押し切られてしまう形にはなった。

でも、きっと兄さんにも何か理由があったはずだ。僕は兄さんを信じる。

「それでは……集中したいので他の方は部屋の外に出ていただけますか？」

僕はそう言って視線をコンラートさんに向ける。

しかし、彼は面倒そうにしていた。

「何を言う。貴殿は一流の回復術師なのであろう？　俺がいるのは気にせずにやると良い」

「……分かりました」

僕は彼の言葉にそう返す。確かに人がいないほうが集中しやすいけれど、マスラン先生が治療していた時には、周りに多くの人がいた。だから、僕もそれくらいできるようにならないといけない。

「では、少し時間がかかりますので、じっとしていていただいてもよろしいですか？」

「ええ！　治るのならば構いませんわ！」

「では……」

僕は彼女の姿をじっと見つめ、頭全体がフサフサになるように、そして、ストレートの髪にパーマがかかり、波打つところを想像する。

こういった想像はしたことがないけれど、それでも、彼女がそれを望んでいる。僕には分からないけれど、彼女の髪は豊富にあるように見えるが、少し薄いだけで何か言われるのかもしれないし、きっとストレートがゆえに不都合なことがあったのだろう。

「……」

僕はじっと彼女を見つめる。想像の中の彼女の髪が豊かで煌《きら》めくような波を打つように。

十五分は過ぎた気がするけれど、中々集中できない。

近くにいるコンラートさんがじっと僕を見つめているし、時折舌打ちをしている。

「まだか？　良い加減そろそろ始めてくれ」

「少々お待ちください。エミリオは集中しているのですから」

苛立つコンラートさんを、母さんが窘《たしな》める。

「チッ……」

「……」

僕はじっと黙ってやるべきことをやる。それが一番良いからだ。そして、それから十分が経った。

僕の脳裏に彼女の素晴らしい姿が完成する。

「行きます」

僕はその姿を想像し、詠唱を始める。

「根源より現れし汝の礎よ、かの者を呼び戻し癒やせ。『回復魔法《ヒール》』」

僕は魔力を混ぜ合わせ、そして彼女が理想の姿になるように混ぜ合わせていく。彼女に向かって力が注がれていき、そして全てが終わった感覚があった。

僕が目を開けると、彼女の綺麗だったストレートヘアーは波打ち、輝くような髪に変貌《へんぼう》していた。

「これで……良いでしょうか？」

僕が彼女に問いかけると、彼女はどこからともなく鏡を取り出して、それで自身の髪を見ている。

「すごい……すごいわ！　すごいすごいすごい！　本当にできるなんて知らなかった！　こんなことができるなんて……ねぇ！　もっとできるの⁉」

「もっと……とは？」

「わたくし、もっと小顔が良いんだけれど？　他にも二重《ふたえ》にもしたいし！　ああ、もっと……もっと美しくなれる！」

「そ、それは……できるか分かりません」

詰め寄ってくる彼女に聞かれるままに率直に答えてしまう。彼女にはそれくらいの押しの強さがあった。

そこに、母さんが助け船を出してくれた。

「お待ちください。エミリオは今の回復魔法でかなりの魔力を使ってしまっています。今日のところはこれで失礼します」

「ええ！　そんな……いえ、それもそうですわね。これほどのことができるんですもの。また今度お願いしますわ」

「失礼いたします。行くわよ、エミリオ」

「失礼します」

僕は母さんと一緒に部屋から出て行く。

その時に、コンラートさんが何も話さなかったのが気になった。

＊＊＊＊＊

バルトラン男爵家の客室では、残された二人がこんな会話をしていた。

「ねぇ見て？　この美しい髪。今までもお手入れしていたけれど、これはそれ以上よ！　しかもこんな綺麗にウェーブがかかるなんて……」

「そうだな。俺は……少し出てくる」

「そうね、よろしく」

二人の間では何をするのか分かっていたのか、カーミラはそれ以上話さず、コンラートは一人で屋敷から出て行く。

バルトラン男爵家の者達は忙しく、それに構っている暇はなかった。それに、屋敷の者が何か話しかけようとしても、コンラートは話しかけるなという強い視線を向けていたため、話すことはなかった。

彼は一人で屋敷の庭を歩き、外壁まで来るとそこに背を預けた。

「おい」

「はっ」

彼が声をかけると、その向こう側から返事が聞こえる。

「当たりだ。本当にやりやがった」

「そんなことがありえるのですか？」

「ああ、俺も確認した。俺はここにしばらく滞在しようと思う。お前は他の連中に声をかけて、できるだけ患者を送らせろ、こちらで稼げるだけ稼ぐぞ」

「すぐに中央にむりやりにでも連れて行った方が良いのでは？」

「兵をそこまで連れてきていないからな。ここの兵はそれなりに強いと聞いた。それをやるのは確実な量の兵が来てからだ。それに、懐柔《かいじゅう》した方が効率は良い」

「かしこまりました」

「行け」

「はっ」

そう言って、話していた相手はすぐに消え去ってしまう。

「さて……近くの奴らから……どれだけ絞《しぼ》り取れるかな？」

そう言ってコンラートは一人で屋敷に戻る。

彼を隠れて見つめている者がいるとも知らずに。

＊＊＊＊＊

ローコン伯爵家の次期当主であるコンラートさん達が来た翌日。

僕は庭でリーナと一緒に遊んでいた。

「お兄ちゃん！　こっちで遊ぼう！」

「良いよリーナ。だけどごめんね。魔法は使えないんだ」

「えーどうして？」

「ちょっと昨日魔法を使いすぎちゃってね。それで今は魔力がないんだ」

昨日、カーミラさんを治療した後に、母さんから言われたのだ。「数日間は魔法を決して使ってはいけない」と。なので、今も自分の体に『体力増強《ライフブースト》』は使っていない。

体としてはちょっと辛いところだけれど、これも病を治療する時の体力作りだと考えたら、これで良いような気もする。というか、積極的にやっていくようにしようと思った。

ただリーナと一緒に遊ぶ時は体力が足りなくて死にそうになるから、魔法を使いたいけれど……

「えーそっか……分かった……」

「ごめんねリーナ」

「ううん。良いの！　お兄ちゃんが元気なら、わたしはそれで良いから！」

「リーナ……」

彼女にそんなふうに言ってもらえてとても嬉しい。その調子で僕の体力の限界以上に外で遊ぼうとするのもやめてほしいけど……そんなことを思っていると、後ろから声をかけられた。

「お元気そうですね。エミリオ殿」

「コンラートさん……」

そこにいたのは、コンラートさんだ。

彼は後ろに屈強《くっきょう》な護衛を二人も付けて、いつの間にか僕達の近くに立っていた。

「そちらのお嬢さんは？」

「この子はエカチェリーナ。僕の妹です」

「ほう……エカチェリーナ……可愛い子だね？」

そう話す彼の目の色は少し怖かった。

リーナも同じように感じたのか、彼の言葉を聞いてすぐに僕の後ろに隠れ、服を掴む。

「これはこれは……嫌われたもんだ。まぁ良い。エミリオ殿、少しお話がある。良いかな？」

「しかし……僕はリーナと一緒にいなければ……」

「大丈夫。こいつらが相手をしてくれる」

そう言って彼は後ろの護衛二人を指さす。

しかし、それを見たリーナは僕の服を更に強く握りしめた。

「嫌……」

「そんな嫌わないでほしいな？」

「リーナ。それなら一度リーナの部屋に行こうか？　それで、話が終わったらまた来るから、それまで待っててくれないかな？」

「うん！　お兄ちゃんが来るまで待つ！　わたし、あの三人嫌い！」

「そ、そうだね。そうしようか」

僕はそう言って彼女を連れて屋敷へと向かう。

コンラートさんとすれ違いざまに様子を見たけれど、少し頬をひくつかせていた。

子供の素直な言葉で、彼も心にダメージを負ったのかもしれない。

「後でお部屋に向かいますね」

彼に言葉を残し、僕はリーナを彼女の部屋に送り届ける。

それからすぐに彼が暮らしている客室に行く。

部屋には彼と先ほどの護衛の二人、そして母さんがソファに座っていた。

僕は母さんの隣に座ると、コンラートさんは口を開く。

「さて、昨日見せていただいた回復魔法。あれはとても素晴らしかった。君はあの最高の回復術師である【奇跡】よりも才能がある……そう言われても納得するだろう」

「ありがとうございます」

「そこで、俺から素晴らしい提案があるんだ」

「提案？」

僕が聞き返すと、彼は嬉しそうに腕を広げて高らかに話し出す。

「そうだ！　上手くいけば俺達でこの国を好きにできる。そんな素晴らしい提案だ！」

「好きにする……ですか？」

どういうことだろうか。

彼は、よくぞ聞いてくれた、とばかりに続きを話してくる。

「俺は伯爵になる男。そして、中央に太いパイプを持っている。それを使い、中央から君の回復魔法が必要な奴らをたくさん集めるんだ！　君はそいつらを治療する。そして、そいつらから金をいただく！　あとはその資金を使って工作をしまくって、俺達の派閥を他の誰も逆らえないような大きさにするのさ！」

彼は身振り手振りで大仰に話し、最終的には僕に向かって手を差し出してくる。

「エミリオ。君にはそれができるだけの力がある。さぁ、一緒にこの国で自由に生きよう！」

自由に生きる……なんて魅力的な言葉なんだろうか。僕がそう思っていると、母さんが口を開く。

「エミリオに……何をさせるおつもりですか？」

「何を？　言っただろう？　俺が中央から連れてきた人に回復魔法をかけるだけだ。それに、回復魔法をかける相手は貴族だけ。エミリオはあの【奇跡】ですらできない回復魔法の使い手だ。ならば、一体どれほどの者達が集まると思っている？」

【奇跡】すらできない……それは本当なのだろうか？　疑問に思う僕に構わず、コンラートさんは話を続ける。

「この国中、いや、国外からも、たくさんの人間がエミリオの回復魔法をあてにして来るだろう。

俺はそれを見て治す価値のある人だけを選別し、君は俺が選んだ相手に回復魔法をかけるだけ。簡単だろう？」

コンラートさんは自身の計画を早口でまくし立てる。

「こんな小さな屋敷じゃなく、王城のように大きな城にも住める！　多くの家来も雇うことができる！　使い切れないほどの金を得ることだってできる！　今のように回復魔法が使えることを隠す必要もない！　自由に力を使い、人を救えるんだ！」

「自由に……人を救える……」

「そうだ！　カーミラの髪が素晴らしくなった時にどう思った？　良かっただろう？」

「そう……ですね。嬉しかったです」

「だろう？　彼女は君にしてもらった魔法のおかげで自信を付けることができた！　人間はより素晴らしくなれる、君はその手伝いをすることができるんだ！」

「なるほど……」

彼の提案はとても良いことのように聞こえた。彼と協力すれば、僕は多くの人を助けられる。

貴族だけ……それはどうなのかと思うけれど。

「貴族しか回復魔法を使わない……というのはどうしてですか？」

「ああ、安心してほしい。大商会の者も必要としていれば回復する」

「普通の人は……しないんですか？」

「平民には君ほどの力は必要ない。君は、本当に必要とされている相手にだけ使うべきだ」

「本当に……必要とされている相手……？」

「そうだ。だから一緒に手を取り合って……さぁ！」

僕はどうしたら良いのか分からなくなっていた。

彼の言葉はとても魅力的に聞こえる。

でも、どこかでそれは違うんじゃないのかという思いもある。回復魔法をかける相手をそんなふうに選ぶなんて。

そう思って悩んでいると、母さんが話し出した。

「コンラート様。エミリオは少し疲れています。昨日の治療でかなりの魔力を使ってしまいましたから。今から休ませたいと思います。よろしいですか？」

コンラートさんはそれを聞くと、苦虫を噛み潰《つぶ》したような顔を浮かべた。彼は自身の指輪を、指先のほうでクルクルと回したりしている。駄目だと言いそうな雰囲気を出していたけれど、僕の病を出されたら納得したのか頷いてくれた。

「仕方ない。ああ、君が力を使えるようになるのを、いつでも待っているよ。君がやりたいように……多くの人を救うことができる」

「……」

コンラートさんのその言葉に、僕は返答できなかった。

「まぁ今は良い、エミリオ。君はすぐに俺の言葉を理解できるさ。それをやる以外に選択肢がないってね」

「……失礼します」

僕達は部屋から出て、黙って僕の部屋に向かう。

そこでリーナの部屋で彼女が待っていることを思い出した。

「あ……リーナが……」

「問題ありません。後で私が迎えに行きます」

「ありがとう……母さん」

僕達は部屋に入り、いつもの慣れ親しんだベッドに横になる。

母さんは僕の横、いつもの定位置に座り、優しく話しかけた。

「エミリオ。さっきの話。どう思いました？」

「……とっても……魅力的に思った。彼が……必要な人を見つけてきて、僕は……ここで回復魔法を使うだけ。それで……多くの人が助けられる……」

でも……という言葉は、使って良いのか分からなかった。

母さんは、そんな僕の心を見抜いていた。

「エミリオ。それだけじゃないでしょう？」

「……うん。貴族や商人しか回復しない。それが……どうしてか分からない」

僕は思ったことを口に出した。

「決まっています。金と権力のためでしょう」

すると、母さんがすぐさま答えてくれた。

「金と……権力？」

「ええ、エミリオ。あなたは賢い。いずれ理解できること……そう思ってマスラン先生と話していましたが……ここで話してしまいます」

「うん」

「先ほどの話は、あなたを利用して、自分の力を強めようとしているだけです。私でも分かる程度の稚拙《ちせつ》な行動ですが、あなたの力を知った人であれば誰もが考えることでしょう」

「え……でも、ヴィーもフィーネさんもそんなこと……」

「それは彼女達があなたに恩義を感じていたのと、彼女達が優しかったから。それにほかなりません」

力強く断言する母さんを見て、僕は思わず黙ってしまう。

「……」

「良いですかエミリオ。あなたはすごい力を持っている。それは事実です。でも、人の言うことを聞いているだけでは、今回のコンラートのような者に利用されて、いらなくなったら使い捨てられてしまうでしょう」

「でも……彼は人を救えるって……」

「彼にとっての『人』が、利用価値のある貴族や、身内の貴族だけの場合もあります」

「そんな……」

僕は母さんの言葉に衝撃を受けていた。僕が出会ってきた人は皆良い人ばかりだった。

けれど、コンラートさんのように、僕を利用しようとする人がいる。

今までの僕は、人に求められるままに回復をしてきた。助けてきた人達を、回復させなければよかった、そんなふうに思ったことはない。でも、これからも……そうやって言われるままにやっていたら、きっと……僕は……そう思ってしまうかもしれない。

「エミリオ。自分で決めなさい。力を持っているからと言って、人の言いなりになってはいけません。わたしの言葉を参考にするのも良いでしょう。ですが、あなたの生きる道は……あなたが決めるのです。人に頼って、何かを待つだけの人間になってはいけません」

「母さん……」

「あなたは一度考え直すべきです。フィーネさんやカーミラさんの時のように、ロベルトがあなたのことを話したから回復魔法を使う、そうやって、人を理由に使ってはいけないのです」

「！」

僕は体に電流が走ったように感じた。

兄さんが話したから……だから僕はフィーネさんも、カーミラさんも回復させた。

そうか、僕は、今までずっと人に理由を求めていたのかもしれない。僕は……僕が回復魔法をかける相手を、しっかりと考えるべきなんだ。

誰彼《だれかれ》構わずに使うんじゃない。ちゃんと必要としてくれている人のために僕は使う。

「ありがとう母さん。僕……分かったよ。ちゃんと自分が回復させる相手はしっかりと自分で決める。誰かに言われたからじゃない。必要な人のために、僕は回復魔法を使う」

「ええ。でもまずは……自分のことを忘れてはいけませんよ？」

「自分のこと？」

「ええ、あなたは……どうして回復魔法を習い始めたのですか？」

「あ……」

そうだ。

僕は自分で自分を治療するために習い始めたんだった。僕は、僕の最初の目標を思い出した。

「エミリオ。良い顔になりましたね」

「ありがとう。母さん。僕……ちゃんと……もっと考えるよ」

「ええ、あなたならきっとできますよ」

「うん」

そうして、母さんは微笑むと、僕の部屋からそっと出て行った。

僕はもう人を理由にしないと誓う。人から与えられた自由ではなく、自分で選び取って自由に生きるんだ。

＊＊＊＊＊

バルトラン男爵の執務室では、アンナが一人黙々と仕事をこなしていた。

窓の外は暗く、時刻は草木も眠る時間。それでも、彼女は一人で仕事をしていた。

コンコン。

「入って」

「失礼します」

部屋に入ってくるのは一人のメイド。

「お呼びとのことですが、いかがなさいましたか？」

「この手紙をヴィクトリア様に届けてちょうだい」

「よろしいのですか？」

彼女は首を傾げる。自分が今行っている仕事は放棄《ほうき》しても良いのだろうかと。

「それよりも危険なことが起きるかもしれません。急いで行きなさい」

「かしこまりました」

「中央に行くまでにいくつか大きな街があるでしょう？　その中のどこかで【彼方への祝福】というBランク冒険者パーティを雇って緊急で依頼しなさい」

「【彼方への祝福】……Bランクですか？」

「ええ」

「それにはかなりの金額が必要ですが……」

メイドがそう言うと、アンナはドン！と音を立てて金貨の入った袋を机の上に置いた。

「それは……」

「カヴァレ辺境伯家から頂きました。まぁ、まだありますが、これだけあれば足りるでしょう？」

「……ええ、何枚あるのですか？」

「金貨で軽く百枚は超えています。全て使っても構いません。分かりましたか？」

「かしこまりました」

メイドはアンナに近付き、金貨と手紙を受け取って部屋から出ようとする。

「本当に気を付けなさい。他の貴族は……何をしてくるのか分かりませんから」

アンナは震え声で言うが、メイドは振り返ると優雅に一礼をした。

「アンナ様のために命を使えるのであれば構いません。私は、そのためにいるのですから」

＊＊＊＊＊

僕が回復する相手を自分で決める。

そう心に誓った次の日以降も、僕はコンラートさんから誘われ続けていた。

だからちゃんと断ろうとして、僕は彼が暮らす客室のソファに並んで座っていた。

「さて、エミリオ君。これから俺達は素晴らしいビジネスパートナーになるわけだが、どこを拠点にしたいとかあるかね？」

「いえ、僕は……賛成した覚えはないんですが……」

「なに、俺の言葉を聞けば、そのうち首を縦に振るさ。ちゃんと君のメリットも提示する」

僕は何度も断っているのだけれど、こうやって話を引き延ばすのだ。

「ですからそれは……」

「まだまだ。まだ俺の話は終わっていない。別にここが好きならここでも良い。だが、王都でやるのが一番良いんだがな？　あそこは素晴らしい。女も本も魔道具も、奴隷すら数多くある。金さえあれば望む物がなんでも手に入るぞ！」

「いりません」

「それは君がまだその素晴らしさを知らないからだ。俺が王都での遊び方を教えてやる。だからこの書類に同意のサインを……」

「コンラートさん」

僕はハッキリと彼に向かって言う。

彼は少しいやらしい表情を浮かべて羊皮紙の契約書を持っていて、今は少し僕を睨みつけている。

でも、そんなことは関係ない。

「僕は……僕が使う必要があると思った人のために回復魔法を使います。だから、それにはあなたの手助けは必要ありません」

「……」

「なので失礼します」

僕は彼にそうきっぱりと言って、席を立つ。

「ま、待ってほしい！」

「わ!?」

僕は彼に腕を掴まれ、そのままソファに戻される。僕の貧弱《ひんじゃく》な体では、彼の力に対抗することはできない。

「待ってくれ。話を聞いてくれ。そうだな……一回につき金貨十枚でどうだろうか？　金貨十枚だ。破格の値段だろう？　普通の回復術師でもそんなにはもらっていないだろう。それどころか、【奇跡】と並んでさえいる」

「だからなんですか？」

「っ……」

僕は彼をじっと見つめ、そう言い放つ。僕が回復魔法を使うのはお金のためじゃない。それが必要だと僕が思った人に使うのだ。

コンラートさんはそれでも執拗《しつよう》に僕を誘ってくる。

「わ、分かった！　金貨一五枚！　一回で金貨一五枚出そう！　どうだ？　どう考えても良い話だろう？」

「金額の話ではないと何度も……」

「金貨二十枚！　もうこれが限界だ！　頼む！　この俺が頼んでいるんだ。受け入れてくれるだろう？」

「……失礼します」

僕は再び立ち上がると、もう彼が引き止めてくることはなかった。

ただ、またしても指輪をクルクルと回している、指輪に何か秘密でもあるのだろうか。

「……また明日話そう。今日のところはこれで良いだろう？」

「……それでは」

僕は彼にそう告げて部屋から出て行く。

背中には、彼の鋭い視線が飛んできているのが、これでもかと伝わってきた。


それからもコンラートさんの勧誘はずっと続いていた。だけれど、僕はそれを断り続ける。決して曲げてはならないことだと思った。

しかし、彼はどこでも僕を自分の計画に誘ってきた。しかも、やり方がどんどん汚くなっていった。

僕が寝ぼけている時に静かに部屋に入ってきて、優しく起こして書類にサインさせようとしたり、僕に食べきれないくらいの食事を食べさせて、僕が食べすぎで動けなくなっている時にそっと手を持ちサインをさせようとしてきたりしたのだ。

よくもそんな手を思いつくものだ。そうは思いながらも、僕は決して頷かずサインもしなかった。

そんなことが起こり始めて三日経ったが、僕は変わらなかった。そして、丁度良いのかどうか分からないけれど、持病が悪化し始めた。

僕が自室で休んでいると、コンラートさんが今日も諦めずに僕の側に来る。

「さぁエミリオ。君もこれにサインをしてくれ。それで簡単に解決するんだ」

「ごほっ！　ごほごほ……すいません……今……体調が……良くないので……」

「エミリオ様！　無理をしてはいけません！」

僕に駆け寄ってくれるのはチェルシーだ。彼女は僕が吐いた血を受け止めてくれる。

そして、当然と言えば当然だけれど、コンラートさんは僕から距離を取った。

「そ、そうか。まぁ……そんなに血を吐くなら今日は仕方ない。でも……明日こそはサインしてもらうぞ」

「お断り……します」

僕がそう何度もきっぱりと言っても彼は諦めない。

「今日のところは、お大事に」

そう言って彼はさっさと僕の部屋出て行く。

僕は……それを見送ることしかできなかった。

＊＊＊＊＊

バルトラン男爵家の客室。

そこには指輪を触るコンラートと、艶やかな髪を持つカーミラがいた。

「クソが！」

「ちょっとコンラート。それに触るのは止《や》めてよ。もし暴発したら危ないじゃない」

「そんなことはせん！　使いどころは理解している！　だが、この俺様がこれだけ下手に出ているのに、あの小僧《こぞう》……クソが！」

「ちょっと……」

コンラートは先ほどあったことを思い出し、今度は家具を蹴りつける。

カーミラはそれを止めようとするが、こうなった彼を止めることはできない。

彼女は彼女の中にある不安要素を聞く。

「っていうか、そろそろ彼らが到着するんでしょう？　大丈夫なの？」

「分かっている！」

「それに……あなたの名前を使ってここに呼んだのよ？　あんな奴簡単に落とせるからって」

「分かっていると言っているだろうが！　簡単だと思ったんだ！　俺があれだけのメリットを言えば簡単に頷くはずだった！」

そう言った彼の言葉に、カーミラは嘆息《たんそく》する。

「メリットって……金貨二十枚でしょ？　彼の利用価値を考えたら、流石に安すぎるんじゃない」

「中央での工作が優先なんだ！　知っているだろう！」

「それで……あなたの取り分は？」

「五十枚だ!!　それくらい当然だろう!?　俺は伯爵になる男だぞ！」

「いくら男爵だってその程度の値段を言われたら不服に思うわよ。だから、こうするの」

「なんだ？」

カーミラの言葉に、コンラートは首を傾げる。

「彼の取り分を五十枚にしてあげれば良いのよ」

「は？　それだと俺達の分が減るだろうが！」

「そこはほら……紹介料とか言って、患者からもっと多く取れば良いのよ」

「なるほど……」

「でしょ？　他にも、何か工作をして、彼が断れないような状況を作る。そうしたら、あの子ならきっとすぐに頷くわ。他にも……」

カーミラは声を潜め、コンラートと作戦を練り始めた。

「……ああ、それは良いアイディアだ」

二人はそう話し、次の行動を決めるのだった。

＊＊＊＊＊

翌日。

僕はヴィーに送ってもらった本を読んでいた。それには、『三重魔法を使えるようになると、とても便利』ということが書いてあった。

「三重魔法……？」

その項目を読むと、それは、違う種類の魔法を三つ同時に使うことらしい。

例えば、『体力増強《ライフブースト》』と『回復魔法《ヒール》』と『氷板操作《アイスボードコントロール》』などだろうか。

けれど、それができるのはごく一部の魔法使いだけ。それに、必ず習得しなければならない技術というわけではないらしいので練習するのは止めておいた。

しかも、三重魔法を使おうとすると耐えがたいほどの激痛が襲ってくるらしい。体調が悪く、寝込んでいる僕では流石に試せない。

「ああ……やることないなぁ……」

そう呟きながら、僕は昔やっていた想像をして遊んでいた。

そんなことをしていると、屋敷の入り口が騒がしいのに気が付く。

首だけ曲げて窓の外を見ていると、屋敷の入り口から多くの馬車が入ってくるのが見えた。しかも、そのほとんどが貴族の馬車のようだった。

「どうして……？　というか……なんでこんなに……？」

そう思うほどに多くの馬車が来ていて、僕は首を傾げる。でも、今の僕には何もできない。

魔法を使えれば、気が晴れると思うんだけど……でも、それは母さんによって止められている。

理由はここにすら勝手に入ってくるコンラートに見られないためだ。

だが、別に彼に見られてももはや問題ないことに気付いた。

僕はもう、治療する時はちゃんとその人の状態を見て決める、そう誓ったのだ。

なら、魔法が使えることがバレても何も問題はない。僕は絶対に断るのだから。

「よし……それなら……」

そう思って、なんの魔法の練習をしようか考えていた時に部屋の外が騒がしくなった。

「なんだろう……」

大勢の人が来ているのだろうか？

少し疑問に思っていると、部屋の扉がノックされた。

コンコン。

「どうぞ」

僕は掠《かす》れそうになる声で許可を出す。

すると部屋に四人の人が入ってきた。

「入るぞ」

「まぁ、これが貴族の部屋？」

「信じられない。ウサギ小屋かと思いましたわ」

「使用人の部屋ではないのかね？　俺には狭すぎる」

先頭にいるのはコンラートさん。その他の人は誰も知らないけれど、服装からして貴族だと思う。

知らない人は男二人、女一人だ。ただ、どの人も不満そうな顔をしているのが気になった。

「こんな子供で本当に大丈夫なんだろうね？」

「私達は遊びに来たんじゃないのよ？」

「金額分はしっかりとやってもらうぞ？」

「それはもちろん」

不満気な貴族達の言葉を受けたコンラートさんがそう言って、僕に近付いてくる。

「さぁエミリオ。彼らを治療してほしい」

「……あの。なんの冗談でしょうか？」

「冗談なものか！　彼らは皆大変な病を抱えている。それを君の力を使って治療してほしいのだ」

「……すいませんが、僕は回復魔法なんて使えません。お引き取りいただけますか？」

僕は面倒なのでそう言うことにした。

ここでできるなんて言った日には、彼らは決して終わるまで帰らないような雰囲気があった。

僕の言葉を聞いた彼らは、怒りの目をコンラートさんに向ける。

「コンラート殿？　どういうことだ？」

「私達は治してもらえるということで来たのだけれど？」

「いくら払ったか知っているかね？　あれは我が領地の食事量どれだけだと思っている？」

そう詰め寄られ、慌てるコンラートさん。

「しょ、少々お待ちを。エミリオ、俺は君がカーミラの髪を治したのを知っている。それと同じように彼らも治療してくれ！」

「そもそもなんですけど、彼らはとても元気なように見えるんですが……」

僕はそう言って彼らを見る。

一人はかなりしっかりと固められたカイゼル髭《ひげ》をした人だ。どっしりと立っているように感じるし、顔色が悪いということもない。

その隣の女性もスラリとしていて優雅に扇子であおいでいる。

ただ、その隣にいる三人目の人は、額どころか顔中から汗を流し、なぜか僕の部屋でパンを齧っていた。その行動に相応しく、一人で数人分のスペースを使っているほどに太ましい。

「何を言う！　彼らはどこから見ても治療が必要な人達じゃないか！　というか、治療が君のやるべきことだろう？　頼んだよ」

「だからお断りすると……」

僕がそこまで言うと、コンラートさんは僕に更に近付いて耳打ちをしてくる。

「すまなかった。彼ら一人につき金貨五十枚支払う。だから頼む……な？」

「……」

金額が今までの倍以上になって思わず面食らってしまった。

「よし。というわけだ。後は頼むぞ！」

「え、帰られるんですか!?」

「何、他の者達もいるのでね。ここに入れない者は町で待っているんだ。彼らにこれからの予定などを話さなければならないんだ。それでは、頼んだよ」

そう言ってコンラートさんは部屋からそそくさと出て行ってしまった。

コンラートさんがいなくなってすぐに、彼らが僕の側に押し寄せる。

「頼む。君だけが頼りなんだ」

「そうよ。あなたしか私を治療できる人はいないの」

「そうなのだ。俺のこの体を治せるのは君だけだ」

「あの……僕は回復魔法が使えないと言いましたけど……皆さんは何を治療してほしいのですか？」

僕は軽い気持ちで聞いた。

彼らにも強い想いがあるのかもしれない。

「ワシはな！　この髭を完璧だと思っておる！　なので、これから一生この形で生えてくるように治療してほしいのだ！」

カイゼル髭の人はそう言って、僕に髭を突き出してくる。

「私はこれ！　この目を見て！　一重《ひとえ》なのが本当に許せないの！　私は絶対に二重になりたいの！」

二重にしてほしいと話す彼女は、火が出そうなほど激しい瞬《まばた》きをしている。

「俺はこの体だ！　どうしてこんなになったのか分からない！」

そう話す彼はどこから出したのかピザを頬張りながら喋っている。

「むぐむぐごくん。痩せていたのなら、舞踏会で踊る相手にこと欠かないはずなのに！　む、この味付けは良いな。評価を上げねば」

溢したりはしないように気を付けていて、食べる姿は流石貴族と思わせるほどに美しい。体の太さで台無しだけれど……

ただ食事の匂いが強すぎて、体調の悪い今の僕は非常に気持ちが悪くなった。

「いえ……すいません。僕は……回復魔法とか使えないので……」

「なんてことを言うんだ！　ワシらは……あ、ロベルト殿と友人だと言うのに！」

「そうよ！　親友よ！」

「間違いない！」

すごい勢いで迫ってくる。というか、兄さんが中央に行ってそんなすぐに仲良くなれるのだろうか？　折角なので聞いてみることにした。

「では、僕の兄のロベルトはどんな人ですか？」

僕がそう聞くと、三人はすっと後ろに下がって視線を逸らす。

「いや……彼は……うん。良い奴だな。すごく……良い奴だぞ」

「ええ……とってもカッコ良くて……その……良い奴ね」

「間違いない。そこはかとなくすごい気配を感じさせつつもそれを表に出さなくて……良い奴だ」

これ絶対に知らないよねぇ……

彼らは思い切り僕から目を逸らしつつ、自分が次に何を聞かれるのか恐れているようだった。

僕がいっそのこともっと兄さんのことについて聞いてやろう、そう思って口を開いた時だ。

「それじゃあ……かはっ！　ごふ……ごほ……」

僕の口から思い切り血が溢れだし、止めることができなくなる。

「あの……人……を……」

「うわあああああ！　どうしたのだ！」

「ちょっと、治療される方が病気なのはおかしいのではなくて!?」

「誰か！　小僧が血を吐いたぞ！」

そう言って男の人二人は我先にと部屋から逃げ出した。

「あ……待って……」

「ちょっと⁉　しっかりなさい⁉」

僕はずっと体が辛かった。それに、先ほどから強制的に嗅がされていたピザの臭いでとどめをさされたようだ。

「あ……無理……」

僕はそれからすぐに、意識を失った。

＊＊＊＊＊

遡《さかのぼ》ること数日。

ヴィクトリアは父の部屋に向かう途中だった。

父からなぜかいきなり鉱山で働く人手できるだけを集めろという無茶振りをされて、困っていることには困っているけど、それ以外は割と順調だ。

中央でやることもそれなりに進み、バルトラン男爵家の人達もそろそろ中央に慣れた頃だろうか。

そうなったらロベルトの婚約相手なども しっかりと見つけてやる必要があるかもしれない。

そんなふうに考えていた時に、手紙が届いた。

「お嬢様」

「ん？　何かしら？」

後ろから声をかけてくるメイドは、彼女に一通の手紙を差し出す。

「それは？」

「大至急ヴィクトリア様にお渡しするようにと、バルトラン男爵家夫人、それにご子息の名で、Ｂランク冒険者パーティ【彼方への祝福】の方が届けてくれました」

「大至急……？　それに夫人……？」

首を傾げながらも、ヴィクトリアは受け取り、その名を確認する。

「まぁ……」

ヴィクトリアの背後にバラが咲いたのではないか。そう思えるほど、彼女の雰囲気は明るくなった。

「一度私室に戻ります」

「お父様の部屋に行かなくてよろしいのですか？」

「ええ、構いません」

ヴィクトリアはメイドにそう言い残し、スキップしそうな軽い足取りで部屋に戻る。

彼女は部屋に入ると、鼻歌を歌いながらそれを開けた。

「エミリオ……どうしているのかしら……もしかして……私がいなくて寂しいとか……きゃー！」

エミリオからの手紙に彼女は舞い上がっていた。一体どんなことが書いてあるのだろうか……天にも昇《のぼ》るような気持ちで手紙を開く。彼女は嬉しさと共にそれを読み進める。

しかし、全てを読み終える頃には彼女は【三日月】になっていた。彼女は部屋から出て、近くの使用人達に鋭く言い放つ。

「バルトラン男爵とロベルトを呼びなさい！　大至急！　何をおいてもすぐに！」

「か、かしこまりました！」

「それと、【氷像】と……あれも連れて行くかもしれない！　とにかく機動力のある兵を集めて！」

「は、はあ……そこまで……ですか？」

「良いから行きなさい！　それと、カヴァレ辺境伯の……フィーネ殿のところにも緊急で連絡を送り、なんとしてもここに呼びなさい！」

「そんな強引にですか⁉　辺境伯の兵と戦闘になりかねません！」

「護衛に止められるようなら押し通っても良い！　エミリオのことで話がある！　そう言えば伝わるわ！」

「しかし！　辺境伯の元にはあの【閃烈】の……」

「良いからやる！」

「は、はい！」

ヴィクトリアの剣幕《けんまく》に、周囲の者達はただ従うことしかできなかった。

そして、彼女は手紙を握り潰すのを堪えながら、ゴルーニ侯爵の元へ向かう。

「まさか……そんなことになっているなんて……あのバカが……どうしてやろうかしら……【紫狂王女《ヴァイオレットベルセルク》】と婚約でもさせてやろうかしら……いいえ、そんなことは後、そう、後よ。まずは状況に対処しなければ……」

彼女は自分に言い聞かせるように独り言を言いながら歩く。

ロベルトに出会った時にどんな言葉を言おうか……もしくは鉱山送りにでもしてやろうか。鉱山に送って一生最悪の環境で働かせ続けるのが良いのではないか？

そんなことを思いながら彼女は頭を振り、頭を切り替え今後のことに思いを巡らせた。

残った者達は一体何があったのかと首を傾げるが、ヴィクトリアは誰にも答えてはくれなかった。

＊＊＊＊＊

「う……う、うん……」

僕が目を開けると、そこには見知った……いつもの天井があった。でも、起き上がることはできない。

全身が鉛《なまり》になったかのように重たいからだ。こんなことならもっと体力を付けておけば良かった。

「目が覚めたかね」

「誰……ですか」

「儂《わし》じゃよ。エミリオ殿」

「その声は……」

聞き覚えのある懐かしい声。彼は、町にいる唯一の回復術師だ。

「先生……」

「ほっほ。最近は呼ばれることも少なくなったがの？」

「すいません……」

「怒ってなどおらんわい。儂は患者が良くなるのを見るために、回復術師をやっておるんじゃからな」

そうあっけらかんと先生は言う。かなりの高齢だけれど、僕の体調が悪い時には毎回来てくれていた、頼りになる先生だ。

最近はマスラン先生がいたから問題なかったけれど、彼は今、中央に行っていていない。

だから代わりに来てくれているのだろう。

「それでは夫人。安静にする必要はあるが、しばらくは大丈夫じゃろう。儂は帰るとしよう」

「はい。ありがとうございます」

「何、こちらこそ、力になれず申し訳ない。『体力増強《ライフブースト》』はかけたので多少は問題ないじゃろう」

「はい」

「エミリオ殿。それではな」

「はい……ありがとうございます」

僕が先生にそう言うと、先生は部屋から出て行く。

部屋の中では明かりの炎が揺らめいていて、先生の背を照らしていた。

先生が去ると、部屋の中にいるのは母さんだけになった。炎の当たり方のせいか、母さんの表情はものすごく暗く見える。

「エミリオ。今の体調で魔法は使えそうですか？」

「え……でもバレないようにするために、使わない方が良いって」

「話が変わりました。使えますか？」

「やってみる……」

僕は深呼吸をし、更に集中して魔法に意識を定める。先生が僕に魔法をかけてくれていたからか、なんとかなるようだった。

僕は詠唱を始める。

「其の体は頑強なり、其の心は奮い立つ。幾億の者よ立ち上がれ。『体力増強《ライフブースト》』」

僕の体を濃い緑色が包み、体をなんとか動かせるようになったので起き上がる。

「う……しょ」

「ちょ！　エミリオ！」

「大丈夫。自分の体にかけるのはもう何百回とやったからね」

「そんなこと……魔法は使えと言いましたが起きろとは……」

僕はベッドから出る。

やっぱり、僕は魔法を使っている時の方が調子が良い気がする。

「おっとと……」

「エミリオ！」

大丈夫だと思っていたけれど、思わずふらついてしまう。母さんが支えてくれなかったら今頃倒れてしまっていただろう。

　母さんは僕が倒れないことを確認した後、そっと何かを差し出してくる。

「エミリオ。これを呑みなさい」

　母さんが差し出してきたのは、紙の上に置かれた黒い粉だった。

「これは？」

「グリズリーベアの肝を粉末にした物です。これを飲めば体力が回復します」

「今……呑むの？」

「はい。良いから」

「分かった」

　僕は母さんからそれと水の入ったコップをもらい、飲み干す。

「に……苦い……」

「効き目はありますから安心なさい。どうですか？」

「うん……大丈夫。さっきよりも体に力が入る気がする」

　流石金貨五十枚の価値がある物、すごい効き目だ。

　母さんはそんな僕の様子を見て頷く。

「エミリオ。このままではあなたは本当に恐ろしいことをされるかもしれない。だから……ここから脱出しなさい」

「脱出……？」

「ええ、一度中央に行くのです。そこで、ヴィクトリア様に保護してもらいなさい」

「それは……」

なぜ……そう問いかけそうになる。しかし、母さんは真剣な表情のまま続けた。

「コンラートを侮《あなど》ってはいけません。あなたを捕《と》らえようと兵をこちらに派遣しているようです」

「そ、そこまで……？」

僕のためにそこまでのことをするのだろうか？

母さんは頷く。

「ええ、あなたはそれほどの力を持っています。そして、あなたを確保するために兵を集めようとしていることも分かっています。夜な夜な庭で仲間と連絡を取っていました。だから、その兵が揃う前に、中央へ逃げなさい。本当は体力が回復してから送りたかったのですが……それでも大丈夫。時間は稼いでみせます」

「待って？　その言い方だと、母さんは？　一緒に来てはくれないの？」

「そんな余裕はありません。ですが安心してください。私達には狙われるほどの価値はありません。というか、エミリオ。あなたがずっと追われることになるのですよ？　理解していますか？」

「それは……」

「理解していませんね？　でも安心してください。ちゃんとした護衛を用意しました」

「護衛？」

そう言われた時に頭をよぎったのは【宿命の鐘《フェイトベル》】の皆さんだ。

ヴィーの時も助けてくれたし、今回も助けてくれる気がする。

「入ってきなさい」

母さんに言われて入ってきたのは……

「エミリオ様。一緒に逃げましょうね！」

サシャであった。彼女はこんな時でも笑顔でピースをしている。

「母さん……人選間違えてない？」

せめてチェルシーじゃないだろうか。

「いいえ、彼女で問題ありません。サシャはやる時はやれる子ですから」

「それ……子供に使う言葉だと思うんだけど……」

そう思っていると、サシャは明るい声で答えてくれた。

「心配しなくても大丈夫ですよ！　私が命に代えてもエミリオ様を中央に送り届けますから！」

「命に代えてもって……」

「嘘ではありませんよ？　本当なんですからね！」

サシャはぷんすかと軽いノリで怒っているけれど、口にしている言葉はとても重い。

「エミリオ。そういうわけです。彼女であれば心配はありません。行きなさい」

「行きなさい……？　母さんやリーナはどうするの？」

「安心してください。先ほども言いましたが、我々にそこまでの価値はありません。ですから、コンラートも何かするということはおそらくないでしょう。だから、あなたが一刻も早く中央に逃げる、それが今回の事態を解決に導《みちび》く唯一の方法です」

「そんな……」

僕がそう言っても、母さんは顔色一つ変えずに立ち上がって壁際に進む。

そして、何もなさそうな場所を押すと、ガコン、と音がして壁が開いた。

こんな仕掛けがあったなんて……

「ここを進んで行きなさい。道順はサシャに教えてあります」

「でも、やっぱり母さんも……」

「エミリオ」

母さんの腹の底から出るような声に、僕はビクリを身を竦《すく》ませた。

「ここから一刻も早く出るのがあなたの……貴族としての役目です。理解なさい」

「でも、貴族なら最後まで戦わないと」

「エミリオ。それが貴族としての務めとなることもあるでしょう。でも、今はそうではありません。コンラート達の目的はあなた一人、あなたさえ無事なら、我々の勝ちなのです。いくら彼らが伯爵家だとしても、こんな行動は国が許しておくはずありません。だから、今は逃げなさい」

「母さん……」

貴族とは……なんなんだろうか。

ヴィーのように……自分のなすべきことをやる素晴らしい貴族もいれば、こうやって……僕を利用しようとする貴族もいる。僕は……僕は……

「エミリオ」

答えの出ない問題に頭を抱えていると、母さんが優しく抱きしめてくれた。

「そうやって、あなたが貴族としての振る舞い方を考えてくれる。その想いだけでとても嬉しいわ。でも、今はまだ……あなた自身のやりたいことを探しても良いんですよ？　分かっていますか？」

「僕自身のやりたいこと？」

「そう。あなたはずっとベッドで寝ているだけで、まだ外の世界を知り始めたに過ぎません。これから多くの場所に行き、多くのことを知るでしょう。そして、その時にまたこの領地に戻ってきたい、そう思えたのであれば、それに勝ることはないでしょう。でも、母として、あなたが外で何かやりたいことを見つけたのなら、応援します。それが、母というものですから」

「母さん……」

「でも、まずは生きることです。コンラートに連れて行かれればあなたは……人として生きられるかどうかも不明ですから。分かりましたか？」

「うん……分かった。僕……行くよ」

「ええ」

僕がそう言うと、今まで黙っていたサシャが口を開く。

「それではアンナ様、必ずエミリオ様を中央にお連れします」

「頼みました」

サシャはそう言って僕をお姫様抱っこして、真っ暗な扉の中へと飛び込んだ。

それからサシャはその中をすごい速度で走る。

「は、速い……」

「口を閉じていてください。舌を噛みますよ」

「う、うん」

それから数分もすると、サシャの足取りはゆっくりになり、そろりそろりと階段を上がっていくようになった。

というか、僕には全く何も見えないんだけれど、サシャには何が見えているのだろうか？

「サシャは見えてるの？　僕には全く分からないんだけど……」

「私も見えてはいませんよ。ただその代わり耳が良いので、音の反響を利用して進む方向を判断しているんです」

「すごいね……」

「し、静かに」

僕が感嘆していると、サシャに黙るように指示された。なので大人しく口を閉じて、じっとサシャの行動を見守る。

彼女は先ほどよりも警戒しているようなそぶりで、ゆっくり、ゆっくりと歩いて行く。

「外に出ます」

僕は黙って頷いた。

サシャは僕を片手で抱っこすると、空いている方の手を上にそっと伸ばす。そして、何かをゆっくりと押し上げていく。

キィ――

小さな音がするのと同時に、何かが持ち上がった感触が僕にも届く。

サシャは持ち上げた扉を静かに降ろし、周囲を見回す。

(静かに、私が良いと言うまで決して喋らないでください)

彼女がそう囁き、僕は再び頷いた。

サシャは真っ暗な中でも本当に状況が分かっているかのように動き、少し埃《ほこり》っぽいこの場所を歩いて行く。そして、片手で何かを押した。

彼女が押したのはまたも扉だったようで、隙間から微かな星空の光が見えた。

ここはどうやらどこかの外に出ているらしい。

サシャが警戒しつつ外に出ると、そこはリンマ農園の近くのあの古びた小屋だった。

(注意してください。敵がいます)

サシャが声を押し殺して僕にそう伝えてくる。僕の耳にもコンラートの部下達の下品な笑い声が届いていた。なぜ彼らが大事な町の皆が育てたリンマの農園にいるのか、すごく気になった。

でも、僕がここで少しでも動けば、敵に気付かれてしまうかもしれない。サシャは決して音を立てないように警戒しているので、僕がそれを邪魔できるはずがない。

僕はサシャの服をぎゅっと掴むことしかできなかった。

(大丈夫です。この町の人達は強いです)

「……」

サシャはそう言って安心させてくれて、敵に見つからないように移動する。

その道中、たまたま、視界に見覚えのある姿が目に入った。

「!?」

僕はその光景から目が離せなくなった。

そこにいたのは、コンラートの部下の二人。彼の側に付いていた剣士と魔法使いの二人組だ。

その二人が、以前、僕にリンマパイを作ってくれた老人に酷いことをしていたのだ。

老人が全身で疲れを訴えているのに、そんなことは知ったことかと言わんばかりにリンマをもっと採らせようとしている。そして、彼らは採らせたリンマを、老人にぶつけて笑っていた。

暗闇で感覚が研ぎ澄まされた僕の耳に、彼らの声が届く。

「おいおい、爺さん、この木が大事なんだろー？　だったらもっと採らねーと！」

「俺達採るのが面倒だからよー、てめぇが採らねーなら叩き切るからな！」

「まとめて燃やして焼いても楽しいかもな！」

「良いなそれ！　とりあえず一つ焼くか!?」

「ま、待ってくだされ、ワシが全て採ります。ですから、そのようなことは」

「だったらさっさと採れよこのクソジジイ！　採るスピードが落ちてんだよ！　それとも、てめぇの娘か孫にでもやらせるか？」

「そ、それだけは！　ワシがやりますので、それだけは！」

「だったらやれよ！　トロトロすんな！」

「し、しかし昼間からずっと……！」

その時、あの老人と僕の目が合った。それもたまたまだったと思う。なぜ彼が僕の方を向いたのかは分からない。

でも、その後の彼の行動には驚かされる。

「なんでもないです。すぐにやります」

彼は僕から瞬時に目を逸らし、元の行為を続けたのだ。

なんで……なんですぐにそんなことができるの？　助けを求めるものじゃないの？　貴族が力を持つのは、こういう時のためではないの？　普通の貴族は自分の領地の民が酷いことをされているのに、それでも……見なかったことにできるものなの？　……どうしてこんな時に、僕は……逃げることしかできないんだろう。

（エミリオ様。命じてくだされば、私は……行きますよ？）

「サシャ……」

僕は囁いてきたサシャの顔をじっと見る。

彼女はただじっと……いつもの笑顔などなく、無表情のまま僕を見つめていた。

僕も彼女の目を真っ直ぐに見返して、色々なことを考える。

母さんは僕のことを心配してくれた。僕が逃げることこそが大事なんだと……

でも、こうやって、僕達に良くしてくれた、僕達が守らなければならないはずの人達が傷付いているのに、それを無視して逃げて、本当にそれは貴族なのか？

僕が戦うわけじゃない。サシャに戦ってもらうことになる。僕が手を汚すわけでもない。ただ命じるだけ。

その一言はとてつもなく重い……でも、僕は意を決して言った。

「サシャ、彼を助けて」

「かしこまりました」

サシャは表情を変えず、僕を抱っこから降ろして風のように素早くあいつらのところに向かった。

そして、どこからか取り出したナイフで、瞬く間に魔法使いの男の首筋を切り裂いたらしい。男の首から一瞬で血が噴き出した。

「かっ！　なん……だ⁉」

「おい⁉　弟よ⁉」

「……」

サシャは無言のままもう一人の剣士に向かうけれど、敵もただ者ではなく、サシャを迎撃《げいげき》する。

ギャリィン！

金属と金属のぶつかる音がして、激しい火花が飛び散る。

「てめぇ！　なにもんだ！」

「……」

「俺の弟をやりやがって！　楽に死ねると思うなよ！」

「……」

サシャは何も言わず、ただただ攻撃を繰り出している。でも、相手の実力もすごかった。

サシャは無言で攻撃を繰り出すけれど、一向に勝負がつかない。

僕にできることは……魔法で支援をすること。

「あれに入っていけるのかな……」

サシャともう一人の動きは僕の目では追えないほどに速い。氷の玉や氷の板、水をぶつけようとしたら、サシャの邪魔になってしまう可能性もある。

「あ……あれがある」

何もできないのか。そう考えていたけれど、最近になって覚えた新しい魔法があった。

サシャは耳が良い。なら、あの魔法を使えばサシャだけへの支援になるんじゃないのだろうか。

そう思った僕は想像し、すぐに魔法の詠唱を始めた。

「水の粒は集まり全てを覆う。『水の霧《アクアフォッグ》』」

僕の周囲に霧が満ちていき、その霧は徐々にサシャ達をまとめて包んでいく。

「なんだこの霧は⁉」

「……」

霧は徐々に彼らの体を包み、そして、周囲を覆い尽くすほどになった。

「く！　どこに行きやがった⁉」

「……」

「どこだ!?　クソ！　なんでこんな時期に霧が！　ぐあ！」

「……」

ドサッ。

そう何かが倒れる音がして、次にサシャが口を開く。

「エミリオ様。もう大丈夫です」

「うん」

僕がすぐに魔法を解くと、使ったばかりということもあって、霧はすぐに風で流されていく。

そして、そこには地面に横たわるコンラートの部下二人がいた。

「エミリオ様。時間がありません。行きますよ」

「うん。あ、でもちょっと待って」

「？」

首を傾げるサシャに構わず、僕は地面に倒れてぐったりとしているおじいさんのところに行き、急いで魔法を使う。

「其の体は頑強なり、其の心は奮い立つ。幾億の者よ立ち上がれ。『体力増強《ライフブースト》』」

「エミリオ様……」

「僕にできるのはこれくらいです。急いで逃げてください。不甲斐《ふがい》ない貴族で……ごめんなさい。

サシャ、行こう」

「はい」

サシャは僕を抱えてすぐに走り出す。すると、少し後ろから、声が聞こえた。

「ありがとうございます！　この御恩は忘れません！」

僕達はそんな声を聞きながら、暗闇を進む。

「これから一度町に行きます。よろしいですか？」

「町に……？　そんなことをせずに中央に行った方が早いんじゃ……」

「いえ、近くのリンマの農園にも敵がいる可能性が高いです。それなら、敵を避けて、町から行った方が早いです。それに、町の街道の方が整備されていますから」

「分かった」


そうして、僕達はアップトペルの町に到着した。

「町の中に入ります。準備は良いですか？」

「うん」

僕達は町の中に入って行く。

そしてすぐに家の陰に隠れ、町の中の様子を伺う。

町の中ではかなり夜遅くだと言うのに、明かりが焚《た》かれていた。

「なぜこんなに……」

サシャの言葉を聞いて、僕も顔を覗かせると、酒を飲んでいる人達が歩いているのが見えた。

「皆いつもこんな時間まで飲んでいるの？」

「いえ……彼らは町人ではなく、ここに来た貴族に付いてきた護衛だと思われます」

「護衛……」

彼らは顔を真っ赤にしながら、楽しそうに酒を飲んでいるようだ。

「行きましょう。今は関係ありません」

「うん……」

僕は再び彼女に抱えられて町の中の路地を進む。楽しい声が聞こえてくるせいで、なんだかいつもの町のように感じられる。

「ねぇ、普通に大通りの方を行ったら」

「静かに」

「……」

彼女に言われて僕は口を閉ざし、少し待つ。

すると、さっきの酔っ払いとは違った少し良い服を着ている兵士が近付いて来る。

「うぃ～。しっかし、なんでこんな何もない場所に来てんのかねぇ～」

「そりゃ～あるじ様の治療に必要だって言うから来てんだろうが」

「はぁ～ひっく。その治療って、あの体型だろぉ？　食わずに走れば簡単治るだろうがよぉ」

「そうは言うなよ。それができないからわざわざこんな場所まで来てんだからよ」

「全く……ひっく。迷惑なもんだぜ……白髪《はくはつ》のガキだったか？　本当に治療できるのかねぇ」

まずい。彼らに見つかって、僕がエミリオだと知られれば、騒ぎになって、コンラートの部下に見つかってしまうかもしれない。

彼らはそんなことを言いながら、すぐ近くを歩いて行こうとしている。何事もなく通りすぎる、そう思った時に、それは起こった。

「うぃ～ちょっとしょんべん……」

そう言って酔っ払いが僕達のいる道に入ってきたのだ。彼と思いっきり目が合ってしまう。

「あ……」

「あ……」

僕は思わず息を呑む。

「お前があの、ガッ……」

彼が何か言い終わる前に、サシャが彼のアゴを蹴り抜いた。

ドサッ……

「え……」

目の前の人間が急に倒れた僕は、困惑してしまう。

「さ、サシャ？」

「しっ」

「……」

僕は言われたままに口を閉じて、彼女が話し始めるのを待つ。

「あ？　なんだ？　誰かいんのか？」

もう一人の男が、こちらに近付いて来るのが分かる。

「……」

ここから逃げようにも、後ろは目の前の場所よりも人通りが多く、この二人組のような、僕の正体を知っている人間がいるかもしれない。

「たく……しょんべんくらい普通に……おい!? あ？」

トン。

もう一人の男が倒れている仲間に気を取られている間に、サシャが音もなく近付き、手刀で彼の首筋を叩き、彼は意識を落とす。

けれど、最後の大声を聞いたのか、人が集まってくる気配がした。

「なんだ……？」

「誰か喧嘩してんのか？」

「良いぞー。こうでなくっちゃ」

多くの人の足音が近付いてくる。

もうだめかもしれない——そう思った時だった。

「こっち！」

僕は急に手を引っ張られて、どこかに引きずり込まれる。

「誰!?」

「わたしだよ！」

「アイネ⁉」

僕が引きずり込まれたのはとある民家だった。

サシャは相手がアイネだと分かると何もせずに一緒に入ってきていた。

「大丈夫？」

「ありがとうアイネ……でも、こんなことをしたら君も……」

「大丈夫！　ね？　パパ？」

「おう、任せろ」

声のした方を向くと、そこにいたのは身長二メートルを超える大柄で筋肉質な男性だった。

少し前に一緒に祭りにも行ったし、この見た目はそうそう忘れられない。

「アイネのお父さん……」

「エミリオ様、あの時はお世話になりました」

「あ……いえ、こちらこそ……リンマの実、美味しかったです」

「ありがとうございます。それで、誰かから逃げている……と考えてよろしいですか？」

彼はそう直球で問いかけてきた。今は急いでいるので助かる。

質問にはサシャが答えてくれた。

「はい。急いで中央に向かう必要があります」

「なるほど、ではこっちへどうぞ」

そう言って彼は、僕達に背を向けて歩き出す。

「気を付けてね。エミリオ」

「うん。ありがとう、アイネ。本当に助かったよ」

「ううん！　良いのよ！　ひろうえんはすごいのにしてね！」

「あはは、それは……どうだろうなぁ」

と、ぼかしておいて、僕はアイネのお父さんに続く。家の中を通って行き、どこか別の裏道へ出された。

「ここは……？」

「右の方に進んでください。そっちの道から進んでもらった方が中央へは安全に行けるはずです」

「ありがとうございます」

「いえ……エミリオ様」

「はい」

「アイネのこと……よろしくお願いします……」

アイネのお父さんは、目から溢れる涙を拭きながらそんなことを言ってくる。

「え？　もう結婚は決定なんですか!?」

「え……エミリオ様は……そんなつもりがない……と？」

彼の雰囲気が一気に重くなる。

「ア、アイネはまだ子供ですよね？　流石にその決定をするには早いかと……」

「……ですよね。流石エミリオ様、お話が分かるお方だ」

「う、うん」

一瞬で表情を変えた彼を、僕は少し恐ろしく感じてしまう。感情の振り幅が大きすぎる。

「それではお気をつけください」

「ありがとう」

そうして、僕達は言われたままに道を進む。

サシャの案内でそれ以降は安全に進み、町を出ることができた。

しかし、事件は起こってしまった。

「エミリオ様！」

「え？」

僕は突然彼女に抱えられて、一緒に後ろに飛ぶ。

「わ！」

次の瞬間、僕達がいた場所には、大きな網が投擲《とうてき》されていた。

「……厄介な奴がいたもんだ」

「ガキを守っているのは、屋敷にいた【宿命の鐘《フェイトベル》】だけではなかったか」

いつの間にか僕達の周囲を、全身黒ずくめの男達が取り囲んでいた。

どうやら【宿命の鐘《フェイトベル》】の人達が屋敷で僕の身代わりとなって戦っているみたいだ。

「く……」

サシャは周囲に視線を送って警戒している。

「サシャ……」

「大丈夫です。エミリオ様。ちゃんと逃げられますから」

そう言っているけれど、彼女の表情は険《けわ》しい。

「そう簡単に逃がすかよ！」

「バカ！　一人で行くな！」

ヒュン……ドゴ！

一人だけで突っ込んできた黒ずくめの男が、サシャに片手で投げ飛ばされる。

ピクピクと痙攣《けいれん》しているので、生きてはいるようだ。

「ガキを殺すわけにはいかん！　全員でかかるぞ！」

その言葉を合図に全員が襲いかかってくる。それを、サシャは僕を抱えたまま、華麗に躱《かわ》していく。ただ、その動きに僕が付いていけなくなった。

「う……」

「エミリオ様!?　あう！」

僕が吐き気を堪えていると、サシャの声に悲鳴が混じると同時に、彼女と一緒に僕も飛ばされる。距離にして数メートルほど飛び、サシャに守られる形で止まった。

「バカ！　傷付けるな！」

「す、すいません」

「生け捕りにしろとの命令だ！　数は勝っている！　それに、屋敷で冒険者と戦っている奴らもそろそろ帰ってくる！　だから焦るな！」

彼らが話している間、僕は何かできないかを考える。サシャに助けてもらってばかりで、僕は何もしていない。何か……何かしなければ……そこまで考えたところで、僕はあることに気付く。

彼女は一人でなら逃げられるはず、そして、彼らの話によると、僕が殺されることはない。

ならば……

「サシャ。僕を置いて逃げて」

「死んでも嫌です。絶対にエミリオ様を守ります」

「サシャ……」

「ご理解ください。あなたはあんなゴミ貴族に使われるような器ではないですから」

サシャにそう言われて、僕は改めて何かできることがないかを考える。

この状況は僕がなんとかしなければ。

僕のためにこれ以上サシャに傷付いてほしくない……傷付いてほしくない？　そこまで考えた時に、僕はある魔法のことを思い出す。

「サシャ。魔法を使うね」

「エミリオ様、お体は大丈夫なのですか？」

「うん、きっと大丈夫だから、お願い」

僕は彼女にそれだけ言う。時間がないからほんの数秒が命取りになる。

「かしこまりました」

でも、きっと彼女なら理解してくれる。

僕が集中しやすいように、きっと……動きを減らしてくれるはず。

そして、僕は決して破られることのない氷の壁を想像する。普段の板よりも硬く、大きな物を。

「氷よ、板と成り我が意に従え。『氷板操作《アイスボードコントロール》』」

込められる魔力は過去と比べて、もっとも多いかもしれない。それほどの力を注ぎ込み、僕は魔法を発動させる。

「魔法!? 下がれ!?」

奴らは魔法に警戒したのか、距離を離してくれた。

目の前に大きな……三メートルはありそうな透き通った氷の板を五枚出す。そしてそれを操作し、僕達の周囲を地面以外の全てを覆う。

「なんだこの魔法は!?」

「桁違いの回復魔法を使えるうえに、普通の魔法も特別ということか……」

「攻撃の威力を上げていくぞ！」

そうして周囲の黒ずくめの男達が、攻撃を仕掛けてくるのが氷の板越しに見えた。

「せりゃっ！」

「放て、『火の玉《ファイアボール》』！」

「砕けろおお！」

そう言って全員で攻撃をしてくるけれど、僕が作った壁にはヒビ一つ入らない。

「どうなってるんだ、この魔法は⁉」

「全力で使え！　じゃないと壊せないぞ！」

相手の慌てている様子を見て、サシャもかなり驚いている。

「エミリオ様……すごい魔法ですね」

「できる限り魔力を込めたからね。でも……」

かと言って、これが壊されてしまったら僕達はどうすることもできない。

その前に助けを呼んだりできないだろうか。考えている間にも、周囲の者達は氷の板を壊そうとしているけれど、それは綺麗なままだ。

「はぁ……はぁ……どうなってんだこりゃ……」

「これは……援軍《えんぐん》を待った方が良い……」

「だな。あいつらは動けない。その間に援軍を呼ぼう」

彼らは壊せないと悟るや否や、少し気を抜く。

「半数は警戒。残りは休憩だ」

「うぃーっす」

そうして彼らの半数は僕達の前で休憩を取り始めた。近くの木に背を預ける者、水筒を開ける者、保存食を齧る者、焚き火をおこし肉を焼き出す者、様々だ。

休憩している人達を尻目に、僕はこのままではまずいことを理解する。僕達を警戒している人もいるため、ゆっくりとしている時間はない。

「どうしよう……サシャ」

「何を悩むことがあるんです？　以前、町に行った時のようにやればいいのではないですか？」

「あ……」

彼女の言葉を聞き、僕は納得してもう一度魔法を使う。

「氷よ、板と成り我が意に従え。『氷板操作《アイスボードコントロール》』」

今度は僕達の足元に、二人で乗っても問題ない強度で氷の板を作る。そして、それに乗った。

「行くよ」

「はい」

僕はその氷の板を、防壁になっている氷の板と連動するように動かす。リーナと一緒に遊んだ時の経験が生きていて、上手く操作できている。

それを見て、奴らは慌てた声をあげた。

「お、おおおい！　ちょっと待て！」

「止まれ止まれ！　置いていくな！」

「お前達！　休憩なんかしている場合じゃねぇ！」

少し休憩していた奴らもすぐに呼び戻される。でも、氷を壊す術《すべ》は持っていないらしく、これからどうしようかと顔を見合わせている。

「最初からこれで移動すれば良かったね」

「それは……私の存在意義が……」

「そっか……」

「待て！　エミリオ！」

そのまま僕達は進んで終わる。そう思っていると、後ろからコンラートの声が聞こえた。

「コンラート……？」

しかし、そんな奴が来ても関係ない。僕はそう思って先に進もうとした。けれど……

「こいつを見ても、先に行けるかな？」

「？　……！」

僕が後ろを向くと、ニヤニヤと笑顔を浮かべているコンラートと共に、捕らえられたリーナがいた。

「お兄ちゃん！」

「可愛いよなぁ……こいつ……」

「……」

僕は氷の板の動きを止めて、二人を見つめる。

「さて、エミリオ。君が何をしなければならないのか。分からないわけはないよな？」

「……」

「黙っているとはどういうつもりだ？　分からないなら言ってやろう。まずは、その魔法を解いてもらおうか」

「……」

「こっちは伯爵家の名前を使ってるんだ。俺の指示通りに回復魔法を使ってくれなきゃ困るんだよ。こいつがどうなっても良いのか？」

「きゃ！」

奴はリーナの顎を掴んで自分の方に引き寄せる。

「待って！　分かった……分かったから……」

僕は魔法を解除して、地面に降り立つ。

「エミリオ様!?」

「ごめん……サシャ。逃げて。君だけでも……」

「いけません！　エミリオ様！」

「捕らえろ」

コンラートの合図で周囲を囲んでいた人達が、僕とサシャの両腕を掴む。

僕はなされるがままに任せた。

僕は……どうしたら良かったのかな。でも……僕は……リーナを犠牲《ぎせい》にすることはできなかった。

彼女は大切な家族だ。そんな家族が危険な状態であるのなら、僕は……

「大人しくて良いじゃないか。それじゃあこっちに来い。おい。さっさとあれを持ってこい」

「はっ」

僕はコンラートのところに連れて行かれる。コンラートは首輪のようなものを部下から受け取ると、リーナをその護衛に投げ渡した。

「さて……これからお前は俺の奴隷になってもらう。あの書類にサインをして……首輪を着けてもらう。そして、俺がやれ、といった奴に回復魔法……いや、俺の望む魔法を使ってもらう。とりあえず戻って最初の三人を治療してもらわないとな」

コンラートはいつものように指輪をクルクルと回しながら喋る。

「あれでも、かなり力のある奴らなんだ。俺の権力を増やすのに必要でな？　そのためにお前にはこれから俺の奴隷として……言うことを聞いてもらうぞ」

「奴隷は……お断りします」

「ほう？　こいつがどうなっても良いのか？」

「お兄ちゃん……」

そう言ってコンラートはリーナを見る。

コンラートの部下の腕の中で、リーナが震えながら声を出す。

「……」

僕は……どうしたら良いのだろうか。なんとかして、コンラートからリーナを取り返さなくては。

サシャはきっと自分でなんとかしてくれるはずだ。

僕が魔法を使うことができる間に、なんとかしてリーナを助ける！

僕は……自分の意思で回復させる相手を決める、そう誓ったんだ。

彼の奴隷になったらそれはできない。だから……僕は……

「さっさとしろよ！　あんな魔法が使えたんだ。体調は良いんだろう⁉」

「！」

僕はその言葉にピンと来て、思い切り咳き込む。

「ごほっ！　ごほかはっ！」

「ちょ、てめぇ！　ふざけてんのか！」

「がふっ！　ごほ……」

僕はそのままうずくまり、目を閉じる。そしてできるだけ小さく、絶対に感づかれないように、魔法の詠唱を始めた。

「集いて潤《うるお》い、水となれ。『水生成《クリエイト・ウォーター》』！」

ドバッ！

魔法を発動させた瞬間、僕の目の前に大量の水が現れ、コンラートだけでなく周囲全方位に向かって流れ始める。

「うわ！」

「きゃああ！」

そのあまりの水の量に、コンラートはリーナを離す。

僕を拘束していた二人も、水圧で思わず手を離していた。

「リーナ！」

僕は事前に分かっていたため、リーナに向かって駆け出す！　そして彼女に近付き抱き締めてすぐに魔法を使う。

「氷よ、板と成り我が意に従え。『氷板操作《アイスボードコントロール》』！」

この魔法の良いところは、発動が早いところだ。

慌てていたコンラートはもちろんのこと、他の人達も手を出す暇はなかった。

僕とリーナ、そしてサシャが入れるほどの大きさの箱を作り、それに入る。

「サシャ！」

「はい！」

サシャは僕に返事をすると、僕の方に向かって走り込んでくる。いつの間にか敵を振り払っていたらしいのは流石だ。

その速度には、誰も追い付くことができない。あと少しで彼女が僕の作った氷の箱の中に入れる。

そう思った時、コンラートが叫ぶ。

「逃がすと思うか！」

そう言って、彼は左手の指輪を、右手でひねった。

ドシュッ！

彼の指から目にも留まらぬ速さで何かが放たれ、サシャの腹を貫《つらぬ》く。

ドス。

「がふっ……！」

「サシャ!?」

サシャは口から血を溢《こぼ》しながらも僕の元に駆け寄ってくる。

僕は彼女を受け止めて、氷の板で蓋をした。その拍子にリーナを後ろに押しやってしまったけれど仕方ない。

それよりも……

「サシャ！」

「エミリオ……様……申し訳……ありません……」

どうしようか……いや、今は考えるよりもこっちだ。

「其の体は頑強なり、其の心は奮い立つ。幾億の者よ立ち上がれ。『体力増強《ライフブースト》』」

サシャの体が緑色に光るけれど、彼女の傷口からは血が溢れ続けている。これでは意味がない。

彼女の顔色は少しは良くなったけれど、それだけだ。

「エミリオ様……お逃げ……ください……」

「サシャ！　喋っちゃダメ！　今から回復させるから！」

「それは……できません……氷の板を解除しないと……できないのでは……？」

「それは……」

確かに、魔法を同時に使うことはかなり難しいと少し前に知ったばかり。

今の彼女に魔法をかけるのであれば、今の『氷板操作《アイスボードコントロール》』に『体力増強《ライフブースト》』と『回復魔法《ヒール》』を使わないといけないのだ。

僕は今まで三重魔法を使ったことがない。でも、それをしなければサシャが……

「くはははは！　ほら！　さっさとこの邪魔な氷をどけろ！　そうしたらそいつが回復する

時間くらいはくれてやっても良い。その前に、奴隷になる契約書にサインをして首輪をつけてから……だがな？」

すぐ近くではコンラートがそんなことを言いながら、にやけた顔をしている。

「く……」

サシャを助けるためには……

「分かった」

僕はサシャを助けたい。町に行く時も、ここに来るまでも、彼女は僕のために側にいてくれた。そんな彼女を見殺しにすることは僕にはできない。それが……僕の望まない未来になったとしても。僕は……彼女を救いたい。

「分かったならさっさと解けよ！」

「……分かった」

「サシャ⁉」

僕は魔法を解除しようとして、サシャに思い切り腕を掴まれた。

「待って……ください……」

「でも……」

「後……少し……だけ……」

サシャの目は諦めているようには見えない。彼女には、何か……見えているのかもしれない。

「サシャ⁉　大丈夫？　サシャ⁉」

「ええ……大丈夫ですよ……でも……少しだけ……昔話をしても……良いですか？」

そうは言うけれど、彼女の体からは力が抜けていくようだ。

『体力増強《ライフブースト》』はあくまで体力を増やす魔法だ。体全てを治療することは決してできない。

彼女のことを見ていると、コンラートが苛立たし気に話してくる。

「良いからさっさと魔法を解けよ！　全く……もう良い。他の奴らも呼べ」

我慢の限界なのか、彼はそう言って側にいた護衛に指示を下した。

「し、しかし……」

「良いから早くしろ！　あの氷の板をぶっ壊すんだよ！」

「はい！」

護衛の男は頷いて懐から笛を取り出し、思い切り鳴らす。

ピイイイイイイイ！

大きな鋭い音が鳴り、少しもしないうちに数多くの足音が聞こえてくる。

町の方からドカドカと走って来る音が聞こえるし、僕達が逃げようとしていた方からもドドドド
という大きな音が聞こえてくる。

そうしている間も、コンラートは周囲の人達に叫ぶ。

「良いから攻撃しろ！　何をぼさっとしている！　いくら金を積んだか分かっているのか!?」

「は、はい！」

ギィン！

ドゴ！

ボアアアアア！

剣や槌《つち》、魔法での攻撃に氷の板が晒《さら》され続ける。このままでは解除したくてもできない。

そう思っていると、サシャが口を辛そうに口を開く。

「エミリオ様……私は……昔はとある暗殺組織に所属していました……」

「サシャ？」

「そこでは人を殺す技術ばかり身に付けていて……そして、実力のない者は殺しや薬の実験台にされました。私は……必死に生きました。幼い体で必死に人を殺し続けました。でも、ついに私の番が回ってきて……私はそれを事前に察知できて、逃げることができました」

「サシャ……」

「私、耳が良いでしょう？　これもその組織で培《つちか》った能力でしたけど、組織から逃げるのに役に立つとは思いませんでした……ぐふっ」

「サシャ！　もう喋らないで！」

「それからなんとかこの田舎であるバルトラン男爵領に逃げ込んで……追っ手と相打ちになりました。必死で逃げましたけど……結局死ぬしかないのか、そう思っていた時に、たまたま通りかかったアンナ様が、私を拾い上げてくださいました」

「母さんが……」

「はい。アンナ様はエミリオ様を妊娠されているのに、血塗《ちまみ》れの私の手を取り、助けてくださいました……私の血が付いても、何も問題ない、そう言ってくださったのです。信じられますか？　貴族であるアンナ様が……死にかけで……見るからに怪しい娘に手を差し伸べてくださった」

サシャは苦しそうに、でもどこか懐かしそうに語り続ける。

「アンナ様に助けられ、メイドとして雇われました。仕事はメイドのことだけで良い、そう言われましたけど、屋敷の近くに来た魔物とは戦うことになりました……」

その言葉で、この前リーナと遊んだ時のチェルシーの愚痴を思い出す。

「もしかして……チェルシーがサシャが仕事をほっぽり出していなくなるって言ってたのって……」

「ええ、戦いに抜け出していたんです。気付かれないつもりだったんですが……難しいですね」

「サシャ！　チェルシーも待っているから！　だから起きて！」

「いえ……流石にこれは分かります。この傷は……致命傷《ちめいしょう》です。エミリオ様の『体力増強《ライフブースト》』だからこそ生き長らえているのですよ」

「サシャ……」

「アンナ様に救われて、私は……とても幸せでした。アンナ様のご家族は素敵で、屋敷で働く皆も本当に優しくて……アンナ様にお伝えください。私は……幸せでした……と」

サシャはそう言って両目を閉じて動かなくなる。

「サシャ！　サシャ！」

僕は彼女の体を揺するけれど、彼女は起きる様子がない。

「サシャ……」

僕は……僕はなんで回復術師を目指しているんだ？

自分を治すため？　それは間違っていない。でも、目の前で消えようとしている命があるのに、
僕なら助けられるかもしれないのに、なのに……それを諦める？　それはできない。

物語の中の英雄がどんな危険な状態でも諦めずにいたように、僕も決して諦めない。

サシャを助ける。人の命を諦めて、僕は自分の命だけを救うのか。違う。僕は救ってみせる。

僕の絶望しかなかった命を、皆が救ってくれたように。

僕が救ってみせる！

やることは簡単だ。三つの魔法を同時に発動する？　やってみせれば良い。

難しい？　自分で自分を治療することよりは、よほど簡単だろう。どうせ将来、より難しいことをやるのだ。今やって早いなんてことは何もない。

目を閉じて、全神経を魔法を使うことに集中させる。氷板の維持、『体力増強《ライフブースト》』の維持、そして、サシャの体を元に戻すための回復魔法。

「つぅ……」

頭に激痛が走る。まるで頭の中をハンマーで叩かれているような痛みだ。

でも、サシャが死んでしまうことに比べたらなんだって耐えられそうだ。

この程度の痛み、今までの僕が味わってきたものに比べたらどうってことはない！

彼女の体を想像する。そして、詠唱を始めた。

「根源より現れし汝の礎よ、かの者を呼び戻し癒やせ。『回復魔法《ヒール》』」

サシャを黄金の輝きが包み、傷口がゆっくりではあるが塞がっていく。

魔法を使っている最中、コンラートの下品な笑みが目に入った。

僕は彼女の傷口が全て塞がるまで魔法を使い続けた。

「これで……よし……」

僕は……サシャの傷口が塞がったのを確認すると、ぐったりとサシャに倒れかかる。全身に力が入らない。でも、彼女のために僕は回復魔法を使えて……

「おいおい！　勝手に終わらせるなよな！　っていうかてめーらもなに攻撃を止《や》めてんだ！　さっさとこの氷の板を壊せ！」

外ではコンラートがそう叫んでいる。

そうだ……僕は気絶しているわけにはいかない。ちゃんと、この魔法を維持し続けなければいけないんだ。サシャにもたれ掛かっていてはダメだ。

僕の後ろでは、いつの間にかリーナも気絶してしまっている。なんとかできるのは僕だけなんだからもっとしっかりしないと。

そう思っていると、コンラートの大きな足音が近付いてくる。

「遅ーぞおめーら！　さっさとあの氷の板に……いや、氷の棺《ひつぎ》に入っている奴らを引きずり出せ！」

「出せってそれは……」

部下らしき人が、難色を示す声が聞こえる。

「良いから攻撃しろ！　そんだけ揃えば問題ねーだろうが！」

増援に来た人の数を確認すると、確かに……ぱっと見ただけでも三十人は超えているようだ。

僕の魔法もどこまで持つか分からないし、僕自身の体力が足りないかもしれない。

どうしたら良いのか……そう考えていると、僕の腕の中でサシャが動く。

「サシャ……動かないで、まだ治ったばかりだから」

「え……あの……私……何か……すごい血が出てませんでした？」

「うん。なんとか治したから」

「治したからって……そんな簡単なものじゃ……」

「動かないで。それに……これだけの人に囲まれていると……ね」

最初は浮かんで逃げようかと思ったけれど、コンラートの部下達は僕達の周りを更に別の魔法か何かで囲んでいるらしく、動かすのもできない。

サシャは地面に接している氷に耳を付けた後、ゆっくりと起き上がる。

「サシャ！　寝ていないとダメだって！」

「いえ……大丈夫です。大丈夫ですよ。エミリオ様」

サシャはそう言って微笑んだ。

「サシャ？」

一体どうしてしまったのだろうか。いつも笑顔だけれど、こんな状況で笑顔になれるなんて……

しかし、サシャは首を横に振る。

「いえ……違います。違うんです、エミリオ様。私達の……勝利です」

「え？」

彼女はそう言って、中央へ向かう街道の方に目を向ける。そちらの方に、何か……黒い塊のような物が見えた。

「あれは……？」

「味方ですよ」

サシャがそう言うと、だんだんと先頭にいる人が見えてきた。

そこにいたのは……

「ラウルさん⁉」

「全軍突撃！」

馬に乗ったラウルさんの声が響き渡る。

彼はフィーネさんの護衛に付いていていた人だ。

片手には長剣が握られていて、その表情は獲物を狙う目をしている。そしてその後ろには、たくさんの騎馬兵を引き連れていた。

「一兵たりとも逃がすな！　最速を誇る我らに捕らえられぬ者はない！」

「おお！」

彼らはラウルさんの号令で、僕に近付こうとしていたコンラート達に突撃をしていく。

「な！　カヴァレ辺境伯の騎馬軍団だと⁉　なんでここに⁉」

「良いから迎え撃て！　こちらの方が数は上だ！」

驚くコンラートとその部下をよそに、ラウルさんと彼の部下は攻撃体勢に入る。

「撃て！　なんとしても先頭の奴だけでも止めろ！」

そうコンラートから指示があると、すぐに彼の部下達がラウルさんに向かって攻撃を集中させる。

彼に向かって矢、火の玉、ナイフや鉄球も飛んで行く。

「この【閃烈】をその程度で止められると思うな！」

ラウルさんがそう言って腕を振るった瞬間、彼の前に無数の閃光が走った。そして次の瞬間には、ラウルさんに向かっていた攻撃の全てが消え去っていた。

「は……」

一斉に攻撃を放ったコンラートの部下達は呆然《ぼうぜん》としている。

僕も何が起こったのか分からず、ただ見ていることしかできなかった。

そんなことをしている間に、ラウルさん達は敵陣に切り込んだ。

「戦場でぼうっとするなど甘いわ！　消し飛べ！」

「ぐああああ！」

我に返ったコンラートの部下達はなんとか迎え撃とうとしているけど、ラウルさんはそんな彼らの努力など無駄とでも言うように腕を振るう。

「ぐわあああああ！」

「ぎゃあああああああ！」

ラウルさんが腕を振る度に、彼の手から閃光が飛び、それがコンラートの部下達を切り裂いた。

「この【閃烈】！　貴様らのような弱兵では相手にならんわ！」

ラウルさんはそう叫びながら、先陣を切って敵を蹂躙《じゅうりん》していく。

その様子を見たコンラートは、逃げ腰になりながらもなんとか立っていた。

「ふ、ふざけるなよ……【閃烈】が来るなんて……だが……俺にはまだ他の兵も……そ、そうだ！

ベラスケス兄弟を呼べ！　二人がかりなら、いくら【閃烈】と言えど！」

「【閃烈】だけではありませんよ？」

そう言って馬に乗ったまま近付いて来たのは、フィーネさんだった。

彼女はコンラートと僕の間に割って入ってくる。まさかとは思うけど、騎馬隊の中に交ざってい
たのだろうか？

「な、なんだと？」

「ええ。あ、抵抗したら、片手片足ぐらいは切り飛ばすのでお覚悟を」

「傷女風情がこの俺にそんな口を……こんなことをしてただで済むと……」

ドォン！

コンラートがそう強がっている途中で、少し近くの森に入った場所から爆音が聞こえてくる。

「今のは……？」

「あの方角は……」

コンラートが呆気《あっけ》に取られたような顔で黒煙が上がる方角を見つめる。そして、その方角から
争っているような声が聞こえてきた。

「ちょっと！　やりすぎよ！　ここには特産のリンマの木もあるのよ！　好き勝手にやって燃えたらどうするのよ！」

「ちっ、うっせーな。敵をやったんだから良いだろうが」

「良くないわよ！　だからアンタは奴隷にされるのよ」

「うるせぇ！　これは自分でなったから良いんだよ！」

そう言って怒鳴り合いながら出てきたのは、なぜか首輪を着けている【消炭】と呼ばれた暗殺者マーティンと、見たこともない女性だった。

その女性が口を開き、頭を下げてくる。

「あ、これはフィーネ様、エミリオ様。失礼しました」

「猫かぶり。遅いだろーがよ」

「うるっさいわね。アンタは奴隷で気が楽かもしれないけど、あたしには立場があるのよ！」

「へーへー」

悪態をつくマーティンに対し、女性が強い口調で言い返す。

僕は何が起きているのか分からず呆気に取られていたが、フィーネさんはお構いなしに二人に話しかける。

「【消炭】様と【氷像】様ですね。あそこにいた敵は？」

「おう。全滅させてきたぜ」

マーティンがそうあっけらかんと言う。

「全滅……」

僕はその言葉に衝撃を受ける。するとマーティンが返答してきた。

「ああ、雑魚だったからな。よゆーだったぜ。ベラスケス兄弟とやれると思ってたのに死んでるしよ。ったく……」

「は……ベラスケス兄弟が……死んでいた？　そんなはずは！　あいつらは俺が高額で雇っている凄腕の冒険者だぞ⁉」

コンラートは、信じられないといった顔でマーティンを見ている。

「嘘なんか言うかよ。てか、てめーみてーな雑魚はどうでもいいんだよ。焼け、燃やせ、そして導け。『火の導きよ《フレイムウィスプ》』」

マーティンがそう詠唱すると、彼の周囲に細い炎がまとわりつく。それは彼が男爵家に侵入してきた時にまとっていたものだ。

彼はそれを操り一言呟く。

「行け」

炎は彼の指示を聞いたかのごとく、瞬時にフィーネさんの後ろに向かって一直線に飛ぶ。

そして、フィーネさんに襲いかかろうとしていた黒ずくめの男を燃やす。

「ぎゃあああああ！」

「ったく、カヴァレ辺境伯名が廃《すた》るぜ？　戦場で油断すんなよ」

そう言われたフィーネさんは驚いた顔をした後に礼を言う。

「ありがとうございます。中々お優しいのですね？」

「そうでもねぇよ。仕事はきっちりやる。それが俺の信条だからよ」

マーティンがそう言うと、隣にいた濃い青色の髪を持つ女性が彼の頭を思い切り叩いた。

「痛って!?　何すんだ!?」

「何すんだじゃないわよ!?　アンタは偉そうに言える口じゃないのは分かんないわけ!?」

「はぁ？　別に良いだろうがよ！」

「よくないわ。アンタが調子乗ったこと言ったら、こっちにも悪い印象が付くのよ！」

いきなり現れた二人はそんなことを言い始める。

なんでこんなことに？　そう思っているとコンラートも同様に感じたらしく、彼らに怒鳴る。

「なんなんだお前たちは！」

それに答えるのは、青い髪の女性だ。

「アンタは邪魔。貫《つらぬ》き凍《い》てつき氷像と為《な》せ。『氷の千矢《アイスアロー》』」

彼女はそう魔法を唱えると、周囲には氷の矢が生成された。そしてそれを躊躇《ためら》うことなくコンラートに向かって放つ。

「あ……が……」

氷の矢に貫かれたコンラートの体は、みるみるうちに氷漬けになっていく。

少しもしない間にまるで『氷像』のようになった。

「邪魔者はこれでよしっと。アンタ、あとで運んでおきなさい」

「へいへい」

マーティンはその声に面倒そうに言うと、僕の方に向き直る。

「ようエミリオ……様、久しぶりだな」

マーティンはまるで久しぶりに会った友人であるかのように、僕に話しかけてきた。

彼がなぜ僕達の味方をしているのだろうか？

「なんでマーティンがこっち側に……？　しかも……奴隷？」

「ん？　ああ、まだ説明してなかったか。大貴族に喧嘩売って失敗しちまったから、今はその下で働かされてんだ。殺されたりするくらいなら、自分から奴隷になって戦う方が性《しょう》に合ってんだよ」

「それで……」

「ああ。あ、特に怨《うら》んでねぇからな。それに奴隷になった時に、エミリオ様の魔法のことも言えないようにされてるから心配しなくて良いぜ。ていうか、ご主人様と仲良くしてやってくれや」

「ご主人様？」

「あ？　そうか、それも知らないのか、俺のご主人様は……」

彼が言葉を続けようとした時に、聞き覚えのある声が飛んでくる。

「エミリオ！」

「ヴィー!?」

声がした方を見ると、顔に包帯をしたヴィーが馬から降りてこちらに向かってきていた。

彼女はできるだけの速度を出して走ってくる。そして、僕の近くに来ると跳んだ。

僕がそれを受け止めようと手を広げたところで……

バン！

ヴィーが僕が展開していた氷の板に顔からぶつかって、ツー……と滑り、ドサっと地面に落ちた。

「「「……」」」

場を……なんとも言えない空気が支配した。

「ヴィー！　大丈夫!?」

僕は急いで魔法を解除して、彼女に駆け寄る。

彼女は最初はぐったりと地面に伏せっていたけれど、やがてゆっくりと起き上がる。

「だ、大丈夫です……」

「良かった……ごめんね。ちょっと危なかったから、氷の板を盾にしてたんだ」

「いえ、大丈夫です。それよりも、一度屋敷へ行きませんか？　色々と……やらないといけないことがありますので」

「あ、そうだ！　【宿命の鐘《フェイトベル》】の人達が僕の囮になっているみたいなんだ！　だから助けてほしい！」

「ええ、フィーネ殿、屋敷に助太刀に行っていただけますか？」

ヴィーがそうフィーネさんに話を振ると、フィーネさんは力強く頷いた。

「任された。ラウル。行ってきなさい」

「かしこまりました。しかし、突然押しかけて大丈夫でしょうか……」

「屋敷までの案内は私がします」

そう言ってサシャが前に出てくれる。

「サシャ、お願い」

「ええ、お任せください」

そう言ってラウルさんとその配下、サシャが屋敷の方に向かって進んで行く。

サシャはすごいスピードで走り、ラウルさん達、騎馬兵を先導している。どんな脚力をしてるんだ……

すると、ヴィーが話しかけてきた。

「エミリオ。とりあえず戻りましょう」

「うん。分かった。あ、そうだヴィー、贈り物ありがとう。あんなにいっぱい……嬉しかった」

「いえ、たいしたことではありません。エミリオのためになったのなら、私としても嬉しいです」

「うん。僕も……元気になったら何かお返しがしたいんだけど、何が欲しい？」

僕がそう言うと、ヴィーは少し顔を赤くして目線を彷徨わせる。

「そ、それでしたら……ゆ……指輪でも良いですか？」

「指輪？　どんなのが良いの？」

「エミリオが選んでくれた物なら、なんでも良いです」

「そう？　でも……すぐには買えないかも……ごめん」

流石に指輪を買えるほどのお金は持っていない。

ヴィーにもらった物を売ったら買えるかもしれないけれど、流石にそれはできない。

「急いでいないので大丈夫です。それに、色々と根回しが必要ですからね」

「ん？　なんて？」

「な、なんでもないです。と、それよりも……エミリオは色々とお話をしなければならない人がいますからね」

「話さなければならない人？」

「ええ」

ヴィーはそう言って雰囲気を変え、後ろに視線を向ける。

僕も釣られてそちらに視線を送ると、そこには意気消沈《いきしょうちん》したロベルト兄さんがいた。出発した時よりも目の下のクマは大きくなっている。

「兄さん……」

「エミリオ……後で……話がある」

そう話すロベルト兄さんの声は、今にも消え入りそうだった。

「うん」

「……」

それから、僕達は皆で屋敷に戻る。戻る道中、兄さんとは……何も話せなかった。

第四章

屋敷に戻ってきて、僕は皆の無事を確認する。

母さんが手配していたという【宿命の鐘《フェイトベル》】の皆さんも無事だったし、というか彼ら自体がかなり強かったようだ。

母さん達も何かされた様子はなかった。コンラートは僕がいなくなったことに気付いた後、リーナだけを連れてすぐに追いかけてきたらしい。

屋敷にいた回復魔法を使うよう強要してきた貴族達は、ヴィーやラウルさんの顔を見たら、コンラートに文句を言いつつも、渋々と帰って行った。

それから、僕はベッドに入り体を休めている。少ししたら扉がノックされた。

「どうぞ」

「失礼する」

扉から入ってきたのはロベルト兄さんだった。

「兄さん……」

「エミリオ……」

兄さんはどことなくやつれていて、かなり疲れているように見える。

「兄さん。大丈夫？　回復魔法を使おうか？」

兄さんだったら心配せずに回復させてあげることもできる。そう思ったのだけれど、兄さんは思った以上に強く断ってくる。

「そ、それは良い！　大丈夫……俺は……大丈夫だから……」

「兄さん？　とりあえずこっちに来なよ」

僕はそう言って扉の側から動かない兄さんにイスを勧める。しかし、それでも彼はその場から動かなかった。

「すまん……エミリオ。俺のせいで……迷惑をかけてしまった……」

「兄さん……大丈夫だよ。僕も……リーナや母さんも無事だったし、【宿命の鐘《フェイトベル》】や使用人の皆も大丈夫だった。サシャが怪我をしてしまったけど……なんとかなったから。だから気にしないで……でも、次はもうやめてよね。あ、でも、フィーネさんのおかげで僕達は助かったんだし、そのことを考えたら全然気にすることなんてないよ」

兄さんは僕のために中央に行ってくれた。僕の病気を治療するヒントを得るために。

それに、結果論かもしれないけれど、フィーネさん達が来てくれたおかげで助かった。そう考えたら、兄さんには助けられたと言っても良いんじゃないのだろうか。

「違う！　違うんだ！　俺が……俺が不用意にフィーネ殿に話してしまったばっかりに……こんなことに……」

「どういうこと？」

僕が尋ねると、兄さんは少し悩んだ後に話し始めた。

「俺が……俺が中央の舞踏会でフィーネさんに話してしまったんだ。そして、それをコンラートとか他の貴族に聞かれてしまっていた……らしい。だから……今回の事件は全て俺のせいなんだ！屋敷にあいつらが来たのも……エミリオが奴隷にされかけたのも……サシャが怪我をしたのも……全部……全部……」

「そうだったんだ……」

「ああ、だから……俺は……決めたことがある」

「決めたこと？」

兄さんは、覚悟を固めた顔をしている。

「ああ、エミリオ。俺は……バルトラン男爵家の家督《かとく》を放棄しようと思う」

「兄さん!?　ごほっ！　ごほごほ」

僕は出したことがないほどに大きな声が出てしまい、思わずむせる。

「エミリオ！」

兄さんは僕にすぐ近付いてきて、心配してくれる。ああ、やっぱり素晴らしい兄さんだ。なのに……どうして……

「どうして……なの？」

「エミリオ……俺は……才能がない。剣術を鍛《きた》えてはいるが、実力はそこまででもなく、中央の騎士にもなれないだろう。それに、貴族としての振る舞いも全くと言って良いほどできていない。今回のことで……身に染みた。それなら、ノモスのような執事にでもなる方が、まだ良いだろう」

「……」

「それに考えてみろ。エミリオ。お前はこの一年。魔法を習って一体どうなった？　ヴィクトリア様と友人になり、しかもフィーネ殿の治療までした。それによってゴルーニ侯爵家と、カヴァレ辺境伯家との繋がりもできた。もちろん、表立って言えることはないが、それでも、十分な実績だ。考えてみろ。俺とお前……今の話を聞いて、どっちが当主に相応しいと思うんだ？」

「……」

僕は兄さんの話をただ黙って聞いていた。

兄さんは泣いていた。話している途中から、ずっと……ずっと。

涙を流しつつも、僕の目を真っ直ぐに見て、淡々と語ってくれた。そんなロベルト兄さんの想いはしっかりと伝わってきた。

これまでずっと、俺がバルトラン男爵家を背負って立つ、そう言っていた兄さんが……自分ではダメだと言っている。

ここまで話を聞いていて、僕はやっと納得した。以前、僕と兄さんの二人で湖に行った時、兄さんはもう……このことを考えていたんだ。

『エミリオ。お前も、この景色が好きか？』

『うん。すごく……すごく好き。もっと早くここに来たかったよ』

『……そうか。この景色を守ってくれるか？』

『？　うん。僕は絶対ここを壊させたりしないよ』

『そうか……それを聞いて安心した』

『うん。兄さんなら絶対守れるよ』

『……ああ。そうかもな』

きっと……僕に守ってほしいと、そう言いたかったに違いない。

兄さんは僕の方が相応しいと思っている。でも……でも、僕はそうは思わない。

「兄さん。ちょっと」

「エミリオ？」

僕は手招きをして、兄さんの頬を思い切りはたく。

パチン！

「え……？」

兄さんは僕がそんなことをすると思っていなかったのか、呆けた顔をしている。

僕は兄さんの目を真っ直ぐに見て、視界が滲《にじ》みそうになりながらも、ずっと彼の目を見続け、口を開いた。

「兄さん。僕はバルトラン男爵には兄さんがなるべきだと思う」

「でもそれは……」

「僕がこの一年でしたことは、さっき兄さんが言ってくれた。でも、それより前は違う。僕はこの病のせいで……何もできなかった。妹のリーナの相手をすることもできなかったし、貴族としての勉強も全くと言って良いほどしていない。今だって貴族としての知識や心構えなんてないに等しい。そのせいでまんまとカーミラさんを回復させてしまった……」

今度は兄さんが僕の話を黙って真剣に聞いていた。

「それに、一緒に湖に行った時に、兄さんは僕を魔物から守ってくれたよね。それは、兄さんが強くて優しいからだよ。僕にはそんなことはできない」

「エミリオ……」

「それに、兄さんは……心の強さも持っている。ヴィーをバルトラン家で歓迎しようとした時、あれだけ色々と提案しても、否定されて、何もできずにいた時、それでもヴィーに楽しんでもらおうと色々と考えていた。そんな……打たれ強さを持っている。それと……色々と思ったんだけど、僕にとってはね、今から話すこと……これが一番大きいんだ」

兄さんの優しさも、強さも僕は知っている。

ただそれ以外にも、僕が兄さんに救われたことがあるということを、兄さんは気付いていない。

「父さんは仕事で忙しくて、母さんはリーナを妊娠していて、メイド達もそれで色々と忙しくて……そんな時に、僕は病でベッドから動けなくてずっと一人だった」

今度は兄さんが、黙って僕の話を聞いている。

「僕が何もできない時に、兄さん、ずっと僕と遊んでくれていたよね？　僕とこの部屋にいても……きっとつまんなかったと思う」

ずっと思ってきたことだからか、口が止まらなくなってしまう。

「だけど、兄さんは毎日楽しそうに話してくれたり、嬉しそうに遊びに来てくれたんだ。僕がそれにどれだけ救われたのか知ってる？　僕は、兄さんが……そんな人のために色んなことができる兄さんが、バルトラン男爵家を継ぐべきだと思う。だから……自分なんかって言わないでよ……ロベルト兄さん……」

「エミリオ……」

話している途中から、僕は何を言っているのか分からなくなった。

でも、僕は兄さんに感謝している。兄さんのおかげで今の僕がいる。そのことは決して変えようのない事実だ。

「兄さん……お願い。僕は、兄さんに……父さんの後を継いでほしい」

「……分かった。エミリオ。お前の気持ちは分かった。俺が……間違っていた。お前を見て……なんでもできるようになっていくお前を見て、諦めていたのかもしれない。だけど、俺はもう諦めない。立派な当主になってみせる。だから……ずっと……見ていてくれ」

「うん。僕で力になれることなら力になるから、一緒に頑張ろう」

「ああ……そうだな……エミリオ」

「うん。ロベルト兄さん」

こうして、僕達は今までよりも少しだけ心の距離を近付けることができたと思う。

「ただ兄さん」

「なんだ、エミリオ」

「その……ヴィーとか、母さんとか、父さんが、僕の力をできる限りばらさないように……っていうことをしてたんだよね。だから、その……」

「……ああ」

「ヴィーとか母さんに……ちゃんと許してはもらってね？」

「……エミリオ。俺が生きていたら……またあの湖でも行かないか」

「兄さん……」

その後、なんとか兄さんは許してもらったけれど、こんなことが二度とないように徹底的に貴族の振る舞いを仕込まれることになった。

ちなみに、ヴィーは、僕が許したのであれば責めることはしない、と言ってくれた。

ただ、中央に行ってからは、ノモスやゴルーニ侯爵家の者達からの教育を完璧に達成するまで、決して外に出られないことになった。

母さんについては……正直思い出したくもない。あの怒りが僕に向かっているわけではないということを分かっていても震えが止まらなかった。当の兄さんは気絶してしまいそうだったほどだ。

しかも、僕には見せられない罰もあったようだ。怖くて聞けなかったけれど、その時から兄さんの目から光が消えていたような気がする。

＊＊＊＊＊

コンラートの事件が終わってから数日。

今僕がやらなければならないことは二つ存在していた。宙に浮かぶという感覚を掴むこと。そして、体力を付けること。

僕は今、その二つの成果を確認するための決意を、屋敷の庭で固めていた。

「よし……やるぞ」

僕は周囲に誰もいないことを確認して、目を閉じる。自身に必要な物を想像して、詠唱を始めた。

「氷よ、板と成り我が意に従え。『氷板操作《アイスボードコントロール》』」

詠唱が完成し、僕の想像した通りの氷の板ができる。それらは薄いが、硬さは申し分ない。僕はそれを装着する。

「まずは足……」

自分の足と同じサイズの小さい氷の板の上に乗る。その表面はギザギザで、滑り止めのようになっている。

「次は……」

靴を囲むようにして、さっきの物より小さな板で足を囲む。両足分作る必要があるので、最初は難しかったけれど、自分とリーナの分を作った時のような想像をしたら、意外とうまくいった。

あとは、このままだと上半身が倒れそうになった時に危ないので、胸の前と背中を覆う板を、わきの少し下を通すようにして作る。これは体に密着しないので、冷たさは感じない。倒れそうになった時のための保険だ。

こうして一、二枚ほどの板を体に装着し、宙に浮かぶ感覚を体験する。それが今回の目的だ。

僕は、それを体にまとって、宙に上がった。

「できた……」

一応氷の板に乗っているので浮かぶとは違うかもしれないけれど、その板は自分の足とほぼ同じサイズしかないので、本当に浮かんでいるような気持ちになる。

最初は昇り降りだけをしていたけれど、徐々に慣れてきて、宙を飛び回り、屋敷の周りを飛べるようになる。

体を横向きにしたり、仰向けになったりしても、わきの下にある氷の板に支えられて問題なく飛行できた。ただ、その体勢を長時間保つのは、体が冷たくなるのでできないけれど。

「うん……これは成功したんじゃないのか」

そんなふうに思いながら屋敷の周りを飛んでいると、リーナの声がした。

「あー！　お兄ちゃんだけずるーい！　リーナも遊びたい！」

「リーナ……」

声がした方を見ると、屋敷の中には、チェルシーに連れられたリーナがいた。

「チェルシー！　リーナも遊びに行く！」

「しかし……」

今は、チェルシーがリーナの面倒を見る時間なのだろう。

でも、僕がリーナと遊びたいと思っていたので丁度良い。

「チェルシー。僕がリーナと遊んでも良いかな？」

「よろしいのですか？」

「うん」

「では……ありがとうございます。とても助かります」

「わーい！　すぐに庭に行くね！」

「うん。待ってるよ」

僕は屋敷の玄関まで飛んで行き、魔法を解除する。そしてリーナが出てくるのを待った。少しも待たないうちにリーナが現れる。

「お兄ちゃんお待たせ！」

「待ってないよ」

リーナはそう言いながら僕に駆け寄ってくる。そして、僕の体を見て首を傾げた。

「あれ？　魔法でまた飛び回るんじゃないの？」

「ううん。今回は……できればリーナと追いかけっこがしたいなって思って」

「……」

リーナが不安そうな表情を浮かべる。

そう、それはもう一つの目的である僕の体力向上のためだった。

最近は一人で町に歩いて行ったりしていたのだ……当然魔法を張って、安全を確かめてからだけど。それで屋敷と町の往復をしたりして、体力が付くようにできる限り運動をしていた。

ようやくリーナと遊べるくらいの体力が付いたと思う。これで昔から……やってあげたかったことができる。ただ、リーナは心配そうな顔をしていた。

「お兄ちゃん……本当に大丈夫なの？」

「うん。最近はかなり走るようにしているからね。きっと大丈夫。一緒に走ろう」

「うん！　分かった！」

リーナはそう言って笑顔になると、庭に向かって走り出す。

「お兄ちゃん、こっちだよ！」

「あ、待って！　リーナ！」

僕はそう言いながら走り始める。こうやって、ただ普通に走る。このことが嬉しくて堪《たま》らなかった。

今までの僕は、歩くことはできても、走ることはできなかった。アイネの悲鳴が聞こえた時も、僕は歩いて進むことしかできなかったのだ。でも、今はこうして走れている。

リーナに追い付けなくても、走っている感覚というのがある。

それを明確に感じられるようになったのは毎日の運動を欠かさずにして、ヴィーの贈り物であるグリズリーベアの肝を呑んだからだと思う。

他にも、リーナがコンラートに捕まった時、あの時初めて、走ることができたのだった。それを思うと、彼が来たのは悪いことではなかったかもしれない、なんて思ってしまう。まぁ……だからといって許せるかと言うと話は別だけれど……

「お兄ちゃん！　こっちだよ！」

「あ、ごめんごめん」

考えていたせいで足が止まってしまっていた。そのことに気が付いたリーナに呼ばれる。

「こっちこっち！」

「うん！」

僕達はそれから二人で庭を走り回る。時折、リーナが僕の方を見続けていたせいで、花壇《かだん》に突っ込んだり、庭師が仕事をしているところに体当たりしたりしてしまっていた。

「リーナ！　大丈夫!?」

「えへへ……またやっちゃった」

「もう……リーナ……気を付けてよね」

窓から見ている時は、こんなことはほとんどなかったと思う。なのにどうしてこんなことに……

リーナは嬉しそうに、口を開く。

「だって、わたし、ずっとお兄ちゃんとこうやって遊びたかったんだもん！」

「リーナ……」

「だから、一緒に遊べるのが嬉しくて……ついお兄ちゃんの方を向きすぎちゃったんだ」

「リーナ。僕もリーナと遊ぶのが夢だったんだ。リーナと一緒に……こうやって庭を駆け回ってみたかった。本当は僕の病気が治ってからになるかなって思ってたんだけれど、まさかこんなふうになるとは思ってなかったよ」

これが僕がずっとやりたかったことだ。妹のためにほとんど何もしてあげられず、ずっと他の人に任せきりだった。

でも、僕もリーナの兄として、これくらいのことはやってあげたかったんだ。

「お兄ちゃん！」

「うわ！」

僕はリーナに飛びつかれて、その勢いのままに地面に倒れ込んでしまう。

「どうしたのリーナ？」

「ずっと……ずっとこうやりたかったの。お兄ちゃん、いつも窓から見るだけだったでしょ？一緒に遊びたいなって思っても……ダメって言われていたから……だから、こんなふうにできるのが嬉しくって」

「リーナ……」

僕はリーナの頭を優しく撫でる。

リーナはくすぐったそうに笑っていた。

「お兄ちゃん。元気にならないとダメだからね？」

「うん。分かってる。リーナこそ、元気に遊びすぎてチェルシー達を困らせたらダメだからね？」

「分かった！」

僕達はそれから遊び続けた。それは、僕よりもはるかに動いていたリーナが疲れて寝てしまうまで続いた。

＊＊＊＊＊

事件から一ヶ月後。薄暗く、じめじめとした部屋に五人の男女が座らされていた。

彼らは、舞踏会でロベルトとフィーネの会話を盗み聞きし、エミリオの力を悪用しようとしたコンラートの一味だ。

いずれも両手両足に枷《かせ》をつけられて、目隠しまでされている念の入れようだ。

コッコッコッコッ。

五人の元に足音が聞こえてくる。すると、五人は一斉にわめき始めた。

「【三日月】め！　俺達にこんなことをしてどうなるか分かっているのか！」

「そうよ！　髪の手入れもできないし！　出さないとパパに言い付けるわよ！」

「俺の父様がこの状況を見たらどうなるか！」

「我々がクラレッツ公爵家の派閥と知ってのことなのでしょうね⁉」

「良いから出せ！　ここの飯は不味くてぼくには食えない！」

「……」

その足音は五人が叫ぶのも気にせず、彼らの前に立つ。足音は三つ。その中の一人……ヴィクトリアが口を開く。

「色々と言いたいのだけれど……あなた達、自分が何をしたのか分かっていて？」

「男爵家にいる回復術師を、有効に使ってやろうとしただけだ！」

「本当にそのためだけにあれだけのことをしたの？　嘘でしょう？　あの事件以来、この一ヶ月……あなた達のことを調べたけれど、他の人の影は何も出てこなかった。本当にロベルトの話を聞いてあんなことをしたの？　誰かにやれ……と言われたわけでもなくて？」

実はヴィクトリアもかなり困惑していた。

彼らがいくら頭が悪いと言っても、腐っても伯爵家や子爵家の子供達だ。そんな彼らがいきなり兵を他の領地……それも別の派閥の領地に派遣するなど信じられなかった。

「当然だ！　エミリオの力があれば、俺がこの国のトップになることもできたはずなんだ！」

「私達の言うことを聞かなかったあいつが悪いのよ！」

「そうだそうだ！」

彼らの言い分を聞いても、ヴィクトリアには理解できなかった。

「はぁ。こんな……こんなことまでしでかすなんて。やっぱり……エミリオの力は外に漏らしてはいけないわね……」

「ふざけるな！　俺達がうまく使ってやると言っているだろう！」

そう言うコンラートに、ヴィクトリアは冷たい視線を向ける。

「コンラート。あなた、あんな話を本気でやれると思っていたの？」

「俺達の計画に狂いはなかった！」

「はぁ……どうしたものかしら……」

ヴィクトリアは頭を抱える。

目の前にいる五人や、その側近達、そしてバルトラン男爵領に入り込んでいた兵士達は全て捕らえてあった。ただ、その処遇《しょぐう》をどうするのか、ということで悩んでいる状態だった。

でも、彼らの話を聞くうちに困惑よりも怒りが湧いてくる。

「いいから解放しろ！　というか【三日月】、お前も俺達の計画に一枚嚙ませてやる！　だから解放しろ！」

「そうよ！　その方がお互いのためになるでしょう⁉」

コンラートと一緒になってカーミラもわめく。

「……はぁ？」

すると、ヴィクトリアは冷え切った声を発し、その場にいた者達は心臓を凍らせた。

「お互いのため……？　いい加減にしてもらえるかしら？　私は、エミリオに救われたから、彼のためになると思っていることをしているだけ。別に自分のためではないわ」

「お前があいつに何を救われたって言うんだ！」

そう言い放ったコンラートに対し、ヴィクトリアは溜息をついた。

「取りなさい」

「よろしいのですか？」

「いいのよ」

ヴィクトリアは後ろにいた護衛に声をかける。

護衛は五人の目隠しを取ると、元の位置に戻った。

五人はすぐにヴィクトリアに何かを言おうとしたが、その美しい顔を見て言葉を失っていた。

「あ……え……火傷で……酷いことになっているって……」

「そ、そうよ……治療には……数十年かかるって……なんで？」

コンラートとカーミラは信じられないといった様子で口を開く。

「なぜって、あなた達が使おうとしていたエミリオの力に決まっているでしょう？」

「そ、それほどの力が……」

コンラートは衝撃を受けたようだ。

「ということで……まずはあなたかしら？」

「ひぃ⁉」

ヴィクトリアはどこからともなくナイフを取り出し、カーミラに近付く。

「あなた……前に見た時は綺麗なストレートの髪だったわよね？」

「そ、それは……」

「聞いたわ。エミリオに綺麗にしてもらったって……ふぅん。とっても綺麗な髪ね？」

「あ、ありがとうございます……？」

「それ……カツラにしたら高く売れると思うんだけど……どう？」

「や、やめ……許して……それだけは……どうか……」

震えて泣き出しているカーミラに、ヴィクトリアは更に続ける。

「ダメよ……エミリオがそんなことをできるって他の誰にもバレてはいけない。その証拠を残してはいけない……だから……ね？」

「ひぃ……ぁ……」

カーミラは恐怖で震え、それ以上ヴィクトリアを見ることができず、気を失ってしまう。

「あら……もう終わり？　まぁ、あと四人いるから良いでしょう。あとは……コンラート」

「な、なんだ！　こんなことをして俺達の家が黙っていると思っているのか！」

そこまで言われて、ヴィクトリアはあることを思い出した。

「そういえば……言っていなかったわね。とっくにあなた達は切り捨てられているわよ？　当然、派閥の頭《かしら》であるクラレッツ公爵家もね」

「は……そ、そんなはず……」

「あるに決まっているでしょう？　あなた達がしたことは、下手をしたら内乱罪よ？　それをあなた達を切り捨てるだけで収められるのなら安いものでしょう？　まぁ、もう遅いけど」

「な、なんで……」

どうしてか分からないというコンラート達に、ヴィクトリアは優しく教える。

すぐに落とすのだから、この時くらいはしっかりと自分達がしでかしたことを、教えてやろうと思ってのことだ。

「なんでって……あなた達は、どこの誰かも分からないような男爵家の次男に、あの【奇跡】以上の回復魔法が使える。そんなことを言って貴族を集めさせた」

「それは事実だろう！」

コンラートは吠える。

「でも、そんなことができる人はいなかった。エミリオはよくやったわ。あなたにどれだけ迫られても使わなかったのだから……と、これは良いわ。それで、嘘で集められた貴族達が怒るのも無理はないと思うけれど？」

「だからってそんな簡単にクラレッツ公爵様が切り捨てるものか！」

コンラートは自身の派閥の優しさに頼るような言葉を吐く。

ヴィクトリアはそんな彼を憐《あわ》れむように見ていた。

「コンラート。あなた、本当に何をしたのか分かってないの？」

「ど、どういう意味だ」

「確かに、私達ゴルーニ侯爵家の派閥だけだったのなら、クラレッツ公爵ももっと立ち向かったでしょう。格下の私達に、してやられることなんて許せないでしょうから。でも、あなた。バルトラン男爵領に誰を呼んだのか覚えていないの？」

「あ、あの人達は……」

「相手の望みにつけこんで、高い金を取っていたその手腕、流石ね？【赤髭侯《バルバロッサ》】ムスタッシュ・ベーリール、【翡翠の真珠《エメラルドパール》】クレア・ドルトムント、【食の皇帝《フードエンペラー》】ディッシュ・スケルトン、皆二つ名持ちのとっても有名な方々を呼んだ……ということは覚えていて？」

「そ……それは……」

「彼らは大層お怒りよ？　望む姿になれると聞いた、それで高い金を払ってわざわざ来たのにってね。クラレッツ公爵の派閥の名前を信じて、バルトラン男爵領なんて田舎に行ったのに……ね？」

ヴィクトリアは子供に教えるように丁寧にコンラート達に説明する。

確かに治療させるには地位の高い者達から。それは戦略としては正しい。力の大きな者達を味方に付けられれば頼もしい。

しかし、その者達の治療ができなかったのなら？　彼らの期待は、そのまま、嘘をついて田舎に呼び寄せた者への怒りに変わる。

コンラートもここに至ってやっと理解し、ヴィクトリアに言い返す。

「あ……う……でも、エミリオは回復魔法を使える！　それは事実だ！」

そう既に言ったことを繰り返す彼の姿からは、余裕のなさが見て取れる。

「それを知っているのはほんの少数よ。彼らが知らなければ、それは力がないのと一緒なのよ？」

「うぅ……それは……」

何も言い返せないコンラートに対して、ヴィクトリアは更に言葉を続ける。

「良い？　エミリオの力に目が眩《くら》む。それは分かるわ。私だって彼の力があったらこの国を牛耳《ぎゅうじ》れるでしょう。でも、彼はそんなことは望んでいない。私は彼が望まないことはしないわ」

「……」

「世界は彼の優しさだけでは変えられないわ。あなた達のようなゴミがどうしても出るから。だから私がこうやって、ゴミを処理しなければならないの。分かった？」

ヴィクトリアは、彼らを明確にゴミと言い放つ。

彼女のその雰囲気に、普段であればそのように言われたら怒り狂うであろう彼らは、全力で命乞《いのちご》いをする。

「た、助けてくれ！　頼む！　俺だけで良いから！」

「な！　ずるいぞ！　ぼくだけで良いから！　他の貴族の弱みも知っていることは全て話すから！」

「わ、わたしだって言えるわ！　だから！」

「俺の家も協力させるから！　ゴルーニ侯爵家の派閥に入る！」

四人が命乞いをするのを確認したヴィクトリアは次の手段に出る。

「あなた達の家なんてもう落ち目よ。派閥にゴミは要らない。でもそうね……あなた達に少しくらい役目をあげても良い。だから、まずはこの奴隷契約にサインをしてもらおうかしら」

ヴィクトリアはずっと黙って控えていた護衛から契約書を受け取ると、彼らに見せつけるようにして差し出した。

「そ、それは……」

奴隷契約。その恐ろしさを身をもって知っている四人は、途端に声が小さくなった。

ヴィクトリアはそれを見て微笑む。

「そう。書きたくないのね。良いわ。それもあなた達の選択よ。良かったわね。今必要な奴隷は三人で、四人以上は要らないのよ。どういうことか分かる？　あなた達の内一人は奴隷にならなくても良い。もちろんその代わり……」

ヴィクトリアは後ろを振り返り、とある男に話しかける。

「マーティン、いえ、【消炭】。今回頑張った褒美をあげましょう。誰をやりたい？」

「へぇ……流石……話が分かるご主人様だぜ」

後ろでずっと黙っていたマーティンは口をニヤリとさせ、誰を消し炭にするのが良いのか見定めを始める。

「わ、分かった！　書く！　書くから許してくれ！」

「ぼくも書くから！」

「私もよ！」

「俺も！」

「頭が高いのではなくって？」

「っ！」

四人は頭を床に擦り付けながらも奴隷にしてほしいと懇願《こんがん》し、ヴィクトリアに受け入れられる。

そうして、結局、消し炭にされるよりはマシだと言って、途中で目覚めたカーミラも含めて、晴れて全員が奴隷契約書にサインをした。

「良いわね。あとは……あなた達に相応しい職場を用意してあげるわ。ちょっと山の中になるんだけれど、大丈夫。優秀な貴族であるあなた達であれば、きっとなんとかなるわ。まあ外向けには国外追放とでも言っておくわ」

そう言うヴィクトリアの口元は、三日月のように笑っていた。

＊＊＊＊＊

僕がいつものようにベッドで寝ていると、部屋のドアがノックされた。

コンコン。

「どうぞ」

僕が返事をすると、ヴィーが僕の部屋に入ってきた。

ヴィー達が助けに来てくれてから、時間にして、一ヶ月以上は経っていた。

中央に戻っていた彼女だけれど、それらの用事が終わったのかわざわざ戻ってきてくれたらしい。

ヴィーは僕の隣のイスに座ると、口を開く。

「さて、それでは色々と終わったのでご説明しますね」

「うん。よろしく」

ヴィーはわざわざ僕のために時間を作って説明に来てくれたらしい。忙しいはずなのに、とても律儀《りちぎ》な人だと、改めて思う。

「あなたを奴隷にしようとしたローコン伯爵家嫡男のコンラートはその身分を剥奪《はくだつ》した上で国外追放。そして、それに加担した四人の貴族、例えばヘアレ子爵家長女、カーミラなども同様の処分になります」

「カーミラも……他三人って誰なの？」

僕に回復魔法を使って体型を細くしろとか言ってきた人のことだろうか？　僕はそう問いかける。

「いえ、奴らは……ロベルト殿がフィーネ殿にエミリオのことを教えた舞踏会に、コンラートと一緒にいた者達ですよ。そしてあなたが回復魔法を使えることを盗み聞いたらしく、五人で協力していたのです。」

「盗み聞き……」

「それで大勢の兵をこの近辺に呼び寄せたり、治療してやると言って多くの貴族を斡旋《あっせん》したりして、多額の金銭を受け取っていたようですね」

「そんなことを……」

「と言っても、彼らは廃嫡《はいちゃく》にされましたから」

「そうなの？」

「ええ、勝手に人の領地……それも私達の派閥の領地に勝手に兵を派遣して、あまつさえその息子……エミリオを奴隷にしようとしたのですから当然の報いです。それに、嘘をついて金銭を騙し取ったということで、彼らの本家も……その上もどうもできないでしょう」

「その上？」

「ええ、彼らは私達の政敵である、クラレッツ公爵家の派閥でした。その公爵家も一応は救おうと動いたらしいのですが、私達やカヴァレ辺境伯家、他にも、嘘をつかれたと騒ぎ立てる貴族達の声には勝てず、自分の派閥の嫡男達を国外追放するという処分に納得されたそうです。流石にここまでしたらそうなりますね」

「国外追放……」

それは……すごい重い処分じゃないんだろうか。でも、サシャにしたことを考えると、僕としても許したくない。

「処分が軽いと思いますか？」

「あ、そういうことじゃなくて……でも、国外追放だと……もしかしてまた何かされたり……という心配はあって……」

僕が心配を告げると、ヴィーは僕を安心させるように笑ってくれる。

「ああ、そういうことですか。そうですね……エミリオであれば言っても問題ないでしょう。先ほどは国外追放と言いましたが、実際にはゴルーニ侯爵家で所有している鉱山に送ることになっているんです」

「どうしてそんなことを？」

「色々と理由はありますが、うちの鉱山に人手が欲しいと、一緒に彼らの処遇を決めたバルトラン男爵にお願いをしたら承諾していただけました。それに、エミリオがすごい回復魔法を使えると知っている者を、安易に国外に出すわけにはいきませんから。死ぬまで……こほん、ずっと鉱山で働いてもらいます。彼らも喜んで行くと言っていましたよ」

「僕のために、何から何までありがとう。ヴィー」

「エミリオは自分のやるべきことをやってください。私はできる限りのサポートをしますから……そして……それが終わったあとは……」

ヴィーはそこまで言って、顔を少し赤くして視線を逸らしている。

「どうしたの？　ヴィー？」

「い、いえ。なんでもないですよ。大丈夫です」

そこまで聞いた後に、ふと先ほどの話を思い出す。

「そういえば。なんで……彼らはあそこまでのことをしたの？」

「あなたの力が欲しかったからに決まっています」

「そ、そうなんだ……」

(まぁ、私の目が黒いうちはそんなことさせませんが……)

ヴィーが何かボソッと言った気がして、僕は首を傾げる。

「え？」

「いえ、なんでもありません。あなたは狙われやすいですから、自分の体を大事にしてくださいね」

「うん。ありがとう」

「こちらこそ、まだまだ恩は返しきれていませんから」

「そんな……いつも助けてもらって」

コンコン。

僕達が話していると、扉がノックされる。

目線をヴィーに送ると、頷いてくれたので許可を出した。

「どうぞ」

「失礼します」

部屋に入ってきたのは、ヴィーの護衛の女性だった。

「ヴィクトリア様。そろそろ中央に戻りませんと……」

「そう……分かったわ。すぐに行きます」

「よろしくお願いします」

護衛の人はそれだけ言って、部屋から出て行く。

「エミリオ、話を戻しますが、気にしないでください。私がしたいからやっているだけです。それと、コンラートが置いていった物はご存じですか？」

「置いていった物？　そういえば、客室はコンラートさんが使ったままだと思うけど……」

「そこに置いたままの物は、償《つぐな》いとしてバルトラン男爵家に全て譲渡する、とのことです」

「全て……ってそんなことして良いの？」

何が残されているのかは分からないけれど、彼は毎日服を着替えたり、装飾品を取り替えていた。残された物はかなりの金額になると思う。しかし、ヴィーはなんでもないことのように話す。

「ええ、構いません。むしろ賠償金《ばいしょうきん》代わりに、こちらから接収すると言い張るべきです」

「そっか……」

「それでなのですが、一応確認してもよろしいですか？」

「うん。良いと思う。ただ、母さんに聞いてみないと」

「問題ありません、そうしてください」

母さんもヴィーが言うことならきっと許してくれると思う。

でも、母さんとしては、家の客室が勝手に調べられた、となると気分は良くないだろう。

ちゃんと話を通すのも大事なことだと思う。


僕達は二人で母さんのいる執務室に向かった。

話をすると、母さんからは簡単に許可が下りた。

むしろ、「どれくらい価値のある物か良く分かっていないので、できれば大体で良いので教えていただけると助かります」とヴィーに言っていた。

僕達は揃って客室に入る。部屋の中にはこれでもかと荷物が積まれていて、どうやってここまでの荷物を集めたのか、不思議になるほどだ。

ヴィーが色々な物を確認するのを僕も手伝う。

そんな荷物の中に、不思議な香りのする物があった。

それは香水のような物で、金色の容器に入れられていた。

「ねぇヴィー。この不思議な香りのする物ってなに？」

「ああそれは……それは!?」

ヴィーが驚いたので、僕は思わず問いかけてしまう。

「ヴィ、ヴィー？」

「あ、すいません。それは魔物を広範囲に呼び寄せる、魔物寄せの魔道具です。そんな物まで持ってきていたとは……」

「危険な物……なんだね？」

「当然です。使用にかなり厳重《げんじゅう》な制限がかけられています」

「なんでそんな物を持っているんだろう……」

「一応、本来の用途としては、急いで近辺の魔物を集めて駆逐したい時に使われるようですね」

「なるほど……」

「ですが、まぁ……取り扱いには十分注意してくださいね？」

「うん。分かった」

それから僕は彼女と一緒に鑑定をした。途中でヴィーを呼びに来た護衛の人にも手伝ってもらって、軽く済ませた。

どれくらいの価値があったかは、リストにして母さんに渡されている。

そして、ヴィーがもう中央に帰らなければならない時間が来る。


僕達は、屋敷の玄関で、別れの言葉を交わしていた。

彼女とはもっと色々と話したかったけど……中央に帰らなければならないのであれば、仕方ない。

「もう……行くの？」

僕が聞くと、彼女はそっと目を逸らした。

「エミリオがそう言ってくださるのは嬉しいのですが、流石にこれ以上はいけません。私は一度戻ります」

「分かった。ヴィー、今回のこと……本当にありがとう。ヴィーがいなかったら僕は……どうなっていたか……」

「あれくらいであればいつでもお任せください。というか、今度はエミリオが体を治して、中央に遊びに来てくださいい。色んな場所をご案内しますよ」

そう言うヴィーの笑顔はとっても優しい。それができたらどれだけ良いか……

「すぐに治せたら良いんだけど……」

「それでしたら、きっと……良い報告があると思います」

「良い報告？」

「ええ、あなたの力になってくださる方がそろそろ来ると思います」

「本当？」

「はい。すぐにお見えになると思いますよ」

ヴィーの言葉はとても頼もしく感じられた。

「分かった。ヴィーの言葉を信じて待ってる」

「ええ、それでは、私は失礼しますね。お話ができてとても楽しかったです」

「僕もだよ。馬車まで送るね」

「エミリオ……良いのですか？」

「うん。少しでも一緒にいたいから」

「ええ……そうですね」

僕達は門の前の馬車までゆっくりと歩き始めた。

僕が病み上がりで、遅い速度ではあったけれど、彼女はそれについて何も言わなかった。

「一つ……聞いても良い？」

「なんでしょうか？」

「ヴィーは……貴族の資格についてどう思っているの？」

「貴族の資格……エミリオ、私の答えは、あなたの期待には応えられないと思いますが、それでもよろしいですか？」

「うん、もちろん」

「では私の考えを言わせてもらうと、私は貴族の資格について考えることはしていません」

ヴィーの口から、意外な言葉が飛び出した。

「そうなの？」

「ええ、貴族の資格とは、それぞれの貴族の領地や気候、文化によって様々です」

「そっか……」

「ですから、自身が考える貴族の資格を決めて、それを目指す。それが正しい貴族の資格のあり方です」

「じゃあ、ヴィーが考えてないっていうのは？」

「私はゴルーニ家の長女です。いずれ、どこかの貴族家に嫁《とつ》ぐことになるでしょう。その時、私個人の貴族の資格を心に抱えていれば、嫁いだ先の考え方とぶつかってしまうかもしれません。そうならないように、私個人では持っていないのです」

「そうだったんだ……」

「ええ、ですが、エミリオ、私はあなたが考えた資格なら、受け入れるつもりですよ？」

「ヴィー？　それってどういう……」

僕達がそんなことを話していたら、いつの間にか屋敷の門まで来てしまっていた。

ヴィーはさっきのことなど何もなかったと言うように優しく笑う。

「それでは……またお会いしましょう」

そう言って彼女は馬車に乗り込んだ。

「うん。ヴィーも元気でね」

僕のその言葉に、彼女からの返事はなかった。きっと何か理由があるのだろう。

僕達は別れ、彼女を見送った。


「戻るか……」

彼女を見送った後に、せっかくなので庭の散歩をしようと決めた。僕は、少し前に歩いていたように、庭を散歩する。

すると、あの事件以降会いたかったけれど、会えなかった人と再会した。

「サシャ」

あの事件の時は聞いている暇がなかったので、ずっと会いたいと思っていた。

「エミリオ様。お疲れ様ですー！」

でも、この一ヶ月、僕は部屋からあんまり出られなかったし、サシャは外でやることがあるからか全く会うことができなかったのだ。それが、こうしてやっと会えてとても嬉しく思う。

彼女はいつもの元気ではつらつとした表情でピースをしている。

「今は一人？」

「はい！　ちょっと外回りから帰って来たところです！」

「それって……」

「はい！　敵がいないかの警戒任務です！　あ、後、最近は魔物とかも最近結構出初めているそうなので、その処理です」

「無理はしてない？」

「はい！　問題ありません！」

その表情を見ても、本当に無理はしていなさそうだ。

「そうだったんだね。サシャ。ありがとう。君がいなかったら、僕は今頃ここにはいなかった」

「エミリオ様……」

「だからサシャ。何か……僕にやってほしいことがあったら、言ってほしいんだ」

「やってほしいこと……ですか？」

彼女は顎に人差し指を当てて考え込んでいる。

「うん。僕にできること、っていう条件はあるけど」

「女王様になりたい」とかそんなことを言われても僕にはできない。

「そうですねぇ……してほしいこと……うーん。お仕事減らすとか？」

「それが良いの？」

仕事を減らすか……確かに彼女はきっと普通の仕事に加えて、他の仕事――屋敷の周囲の警戒など――もしているはずだ。それを考えれば、彼女の仕事を減らすように、母さんに頼むのもありかもしれない。

「うん。できるか分からないけど、母さんに頼んでみるよ」

「ま、待ってください！　冗談です、冗談ですよ」

「そうなの？」

「はい。それに……私が仕事を減らしたら、チェルシーがもっと大変になっちゃうでしょうし……それに、チェルシーになんであなただけ仕事が少ないんだ……って言われたら……ちょっと考えたくないです」

「そ、そうなんだ」

彼女達の間には何か、僕には想像できない力関係があるのかもしれない。

「あ、でも丁度良いです。私が多少戦えるということは、チェルシーには秘密にしてください」

彼女はそう言ってウインクをしてくる。

「え……でも、それだけで良いの？」

「はい。私は今の生活に満足していますから。だから、これで良いんです」

「そっか……分かった。でも、本当に何かあったら言ってね？　僕は、サシャに恩返しがしたいんだ」

「ええ、存じています」

彼女はそう言って優しく微笑んでくれる。

「サシャ。一つ聞きたいんだけど……良い？」

「はい？　なんでしょうか？」

「貴族の資格は……」

言葉を紡ごうとしたところで、僕は頭を振ってそれを止める。

「エミリオ様、どうされました？」

「ごめん。なんでもない。聞かなかったことにして」

貴族の資格。僕は貴族に相応しい行動ができているのだろうか、そう聞きたくなった。

でも、まだ僕が町の人のために行動し始めて少ししか経っていない。

信頼とは、そんなすぐに得られるものではない。ゆっくりと確実に積み上げていくものだろう。

「サシャ、引き止めちゃってごめんね。それじゃあまた」

「少々お待ちください」

「どうしたの？」

「エミリオ様」

「サシャ？」

彼女は僕の前に跪《ひざまず》く。

「エミリオ様。あなたは……私のために命を懸《か》けてくださいました。その感謝を……」

「何言ってるの。僕も助けてもらったんだから当然でしょ？」

「いいえ、あれは……あなたがアンナ様の息子だからお助けしたのです。私が……アンナ様に救われて、その命を彼女の息子であるあなたに返す、それが……私の命の使い道だと思っていました」

「サシャ……」

「ですが、それは持ち越しになりました」

「持ち越しって……サシャには、ずっと元気でいてほしいよ」

「ありがとうございます。エミリオ様。あなたが三重魔法という難しい技術を使ってまで……私を助けてくださったこと、生涯《しょうがい》忘れません」

「そんな大層な……」

「エミリオ様」

突然サシャの声色がワントーン沈む。

「な、何？」

「エミリオ様、あなたはバルトラン男爵家に必要な方です。アンナ様やリーナ様、他の方々にとってもあなたは希望なのです。ですから……どうか……無茶はなさらないでください」

「そんな……希望だなんて、言いすぎだよ」

「そんなことはありません。あれだけ病に苦しみながら……弱音を吐かずに、ずっと……誰に対しても優しくしてくださったのですから」

「……」

「そういうわけで、私は……アンナ様だけでなく、バルトラン男爵家に私の全てを捧げなくてはならなくなりました」

ここで、彼女はスクっと立ち、ウインクをしてくる。

「責任、取ってくださいね？」

「サシャ？」

「冗談ですよ！　それでは失礼しますね！　あ！　体には気を付けてください！」

サシャはいつもの明るい彼女に戻って去って行った。

そんないつものサシャを見ながら、僕は彼女が言ってくれた意味を考える。

彼女はもしかしたら、僕は信頼を築ける人だとわざわざ言ってくれたのかもしれない。

「……なんて、考えすぎか、でも……」

彼女がああやっていつも笑顔を振りまいてくれるから、僕達は明るくいられるんだ。

一人で戦いに出てくれたりしたのに、それを隠して普通に振舞う彼女のやさしさに感謝する。

「ありがとう。サシャ」

僕も自分が苦労をしても、それを見せずに多くの人を明るく笑顔にできるようになりたい。

それが僕が目指すべき貴族の資格かもしれない。

The Record by an Old Guy in the world of Virtual Reality Massively Multiplayer Online
とあるおっさんのVRMMO活動記
1~27
椎名ほわほわ
Shiina Howahowa
アルファポリス第6回ファンタジー小説大賞読者賞受賞作!!
累計150万部突破の大人気作
(電子含む)
ついに TVアニメ化決定!!!
コミックス1~10巻 好評発売中!
超自由度を誇る新型VRMMO「ワンモア・フリーライフ・オンライン」の世界にログインした、フツーのゲーム好き会社員・田中《たなか》大地《だいち》。モンスター退治に全力で挑むもよし、気ままに冒険するもよしのその世界で彼が選んだのは、使えないと評判のスキルを究める地味プレイだった!
――冴えないおっさん、VRMMOファンタジーで今日も我が道を行く!
1~27巻 好評発売中!
各定価:1320円(10%税込) illustration:ヤマーダ
漫画:六堂秀哉 B6判
各定価:748円(10%税込)
アルファポリスHPにて大好評連載中!
アルファポリス 漫画 検索

追放された神官、【神力】で
女神いわく、
祈る人が増えた分だけ
万能になるそうです
虐げられた人々を
救います！
著 Saida《サイダ》
万能な【神力】で、捨てられた街を理想郷に!?
俺だけに見える女神と\マイペース/
救済生活
はじめます！
教会都市パルムの神学校を卒業した後、貴族の嫉妬で、街はずれの教会に追いやられてしまったアルフ。途方に暮れる彼の前に現れたのは、赴任先の教会にいたリアヌンという女神だった。アルフは神の声が聞こえるスキル「預言者」を使って、リアヌンと仲良くなると、祈りや善行の数だけ貯まる「神力」で様々なスキルを使えるようにしてもらい――お人好しな神官アルフと街外れの愉快な仲間との温かな教会ぐらしが始まる！
◎定価：1320円（10%税込） ◎ISBN 978-4-434-31920-4 ◎illustration：かわすみ
「癒し系ほっこりファンタジー賞」受賞作！

サラリーマンだった俺は、ある日気が付くと、ゲームの悪役令息、クラウスになっていた。このキャラは原作ゲームの通りに進めば、主人公である勇者に処刑されてしまう。そこで――まずはダイエットすることに。というのも、痩せて周囲との関係を改善すれば、処刑ルートを回避できると考えたのだ。そうしてダイエットをスタートした俺だったが、想定外のトラブルに巻き込まれ始める。勇者に目を付けられないように、あんまり目立ちたくないんだけど……俺のことは放っておいてくれ!

◉定価:1320円(10%税込) ISBN 978-4-434-32044-6 ◉illustration:華山ゆかり

この作品に対する皆様のご意見・ご感想をお待ちしております。

おハガキ・お手紙は以下の宛先にお送りください。

【宛先】

〒150-6008 東京都渋谷区恵比寿4-20-3 恵比寿ｶﾞｰﾃﾞﾝﾌﾟﾚｲｽﾀﾜｰ 8F
（株）アルファポリス　書籍感想係

メールフォームでのご意見・ご感想は右のＱＲコードから、
あるいは以下のワードで検索をかけてください。

アルファポリス　書籍の感想　検索

ご感想はこちらから

本書はWebサイト「アルファポリス」（https://www.alphapolis.co.jp/）に投稿されたものを、
改稿、加筆のうえ、書籍化したものです。

不治《ふじ》の病《やまい》で部屋《へや》から出《で》たことがない僕《ぼく》は、回復術師《かいふくじゅつし》を極《きわ》めて自由《じゆう》に生《い》きる2

土偶《どぐう》の友《とも》

2023年5月31日初版発行

編集－高橋涼・村上達哉・芦田尚
編集長－太田鉄平
発行者－梶本雄介
発行所－株式会社アルファポリス
〒150-6008 東京都渋谷区恵比寿4-20-3 恵比寿ｶﾞｰﾃﾞﾝﾌﾟﾚｲｽﾀﾜｰ8F
TEL 03-6277-1601（営業）　03-6277-1602（編集）
URL https://www.alphapolis.co.jp/
発売元－株式会社星雲社（共同出版社・流通責任出版社）
〒112-0005 東京都文京区水道1-3-30
TEL 03-3868-3275
装丁・本文イラスト－フェルネモ
装丁デザイン－AFTERGLOW
印刷－図書印刷株式会社

価格はカバーに表示されてあります。

落丁乱丁の場合はアルファポリスまでご連絡ください。

送料は小社負担でお取り替えします。


ISBN978-4-434-32049-1 C0093